U0748367

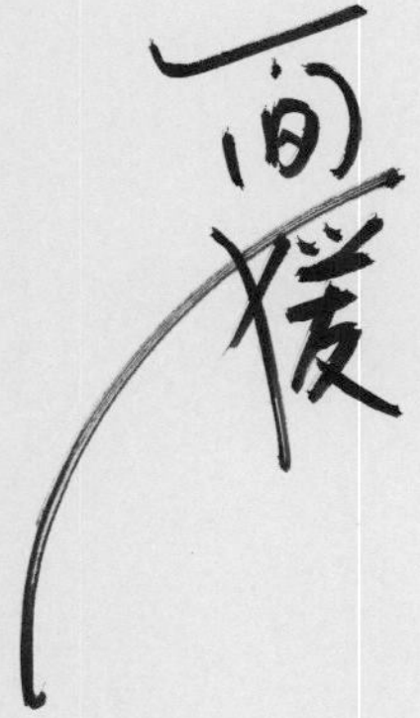

人生缓缓

简媛 著

北京联合出版公司
Beijing United Publishing Co.,Ltd.

北京华景时代文化传媒有限公司 出品

只是粗浅的生活，却怀着真心去过，不焦虑，不怠慢。

万物在一呼一吸之间，由苏醒、生发、收获、枯亡形成生命的律动，宇宙在变化中完成一次次轮回。

当我们谈及一本书时，我们更多的是在谈及我们的生活，如此这般，也是人间难得。

身处荒漠，你轻易就能看出，风捕捉一切，不放过任何细微的角落。

城市的喧嚣如同一层浮在人心的尘埃，洗却便好了，而这里正是我能找到的最好的属于我的浣洗之处。

站在城墙上，前面的沁河是安静的，城墙边那段残垣断壁也很安静。

辑一 心有所念，哪里都是故乡

辑二 欢喜日常，人生难得享清欢

辑三
到山中去，觅安静的力量

辑四 且偷闲，安顿好疲惫的灵魂

辑五 人生缓缓，时间自有答案

与一只猫的相遇，成全了女儿和我对这世界的喜爱。

辑一 心有所念，哪里都是故乡

没有闹市里的喧嚣，故乡安放了漂泊的游子的疲惫灵魂。

银不等于白

银大约是唯一没有来由和野心的颜色，它却有新旧，有密度，有光感，有内蕴，可以看见时光在上面穿梭的样子。

银区别于白。在我眼中，银是素净的感觉，而白像冬日漫天的飞雪，虽有晶莹的六角，美得像人间尤物或者小精灵，但遇到一点热量就立即融化，昙花一现，经不起外界的磨砺和内身的消耗，沾上一丁点儿污渍便毁了自身形象，不像银，有一种金属的质感。

白给人无处藏身的通透。银不一样。银是温婉、有韵的，它的光芒洗练明亮却不矫作张扬，绝对不会掩盖服饰的美丽，却仿佛人们项间腕上的一行楚楚动人的情诗。

银是不俗的，你几时见月光俗过？苏轼说“清夜无尘，月色如银”便是证明。

你或许会说，月光如银终究是冷了些。“日色欲尽花含烟，月明如素愁不眠。”这般清冷下李白依旧赋予了“银”一些可以期待的温度。

没有温度的银还真有些凉薄。幸亏人们爱将这冷银常伴于身，举手投足间以自身的体温浸润它。它自然也就有了光。这光乍看有些寒气，却并不伤人。看来银的冷是虚张声势的，像深闺中骄傲女子的爱情，明明爱煞了，偏偏昂首不斜视。

苗家姑娘喜穿大红大绿，或是花团锦簇，或是百鸟缠枝。偏这样的俗与冷银搭在一起，竟生出暖意。

银是可塑的，具有水性的柔。苗族的拉丝工艺又赋予了银更多有形的表达。银爬上了苗家姑娘的头颈、手腕、耳垂，成了她们追求爱情的信物。如今，苗族银饰已不是单纯的装饰品，而是植根于苗族社会生活中的文化载体。

在与银相关的词里，“银灰”是最冷艳的。那些从女人眼里射出来的带着寒意的光一定是银灰色。我在这儿，在天门山，在老司城，在王村，在古巷，在吊脚楼，在西水河畔……看到的只有银，并无银灰。哪怕是天门狐仙眼里——迫于狐王定下的婚期将至而发出绝望的嚎叫时——寒光也是银色的，因为月圆之夜她遇见了海哥哥，从而多了一些温暖的期盼。

那些日子，我戴着苗家女儿的银饰，就像山峰与溪流间的一缕轻岚，一味地沉浸在湘西的声与色中。

声色，有歌舞与女色之意，亦有美好的声音与颜色之意。湘西的声色与山相拥，与水相融，嵌入泥土，爬上树梢，藏于吊脚楼，闪入深巷，穿越丛林，漫布田野，源于自然，又归于自然，便有了神性。

想必苏轼也是喜好如此“声色”，不然怎会如此抒怀：“几时归去，作个闲人。对一张琴，一壶酒，一溪云。”

而我，却是恨不得立刻化作天门山那只银狐，跃动在萤火虫飘逸的幽谷。

小橘猫

像是从天上来的，它突然出现在我们眼前。其实它提醒了我们。它在踏进我家窗台时，已经用它一贯的“喵喵”声打过招呼，可我们正沉浸在一场讨论当中。我隐约听到了，可也以为只是幻觉。

可，一切不是幻觉。一只猫，悄无声息地出现在我们面前。第一个发出惊呼的是我女儿，她一见，心生欢喜，立马央求我收留它。

见它，我并不陌生。年初，母亲来我家时，它就来过。楼上的窗户恰巧打开了，它应该是从那里来的。我那时见它，也像女儿那样顿生怜爱。可母亲说，这不像野猫，不能收留。像它来时那样，它走时也很自然。那次的相遇，如风过，它从哪里来又从哪里走了，没有我的隔窗驻留，也没有它的踌躇不前。

“妈妈，留下它吧！”女儿又在央求我，“这么晚了，一定是它的主人不要它了。”

先生说：“这是当下讨喜的小橘猫，看它毛发光洁，身形圆润，浑身干干净净的，不像是弃猫。”

再见，相比初遇，多了重逢的喜悦。它是否也有同样的心思呢？它像个知根知底的老朋友，在我家楼上楼下、桌前门后、床下窗上，爬来爬去，无一丝畏惧。

“妈妈，它可能是饿了。”女儿这样说时，它正试图攀爬上我家的餐桌。

“它能吃什么呢？”我犯难了。

“还是百度一下吧。”女儿立马问了“度娘”。回答是可以吃馒头和粥。

“这晚上十一点多了，家里哪有现成的粥和馒头啊？再问问，能喝牛奶、吃面包吗？”

女儿是何等喜欢它呀！她竟然用了我喜欢的咖啡托盘给它盛奶。我阻拦。女儿说：“那盘你几乎没用过，摆在那儿只是一种心理安慰罢了，今天让它体现真正的价值，何乐而不为呢？”

面包和牛奶摆在那儿。我们都变成了猫，“喵喵”地叫唤它，声音含有讨好央求之意。可它像个顽童，满屋子转来转去。我们跟着它，满屋子转来转去。之前正在讨论什么，我们忘记了，一切也不重要了，沉浸在此刻与它的不期而遇中。

“妈妈，它很好养的，也不乱拉屎；睡觉，只要给它一个柜子就行了。”女儿一脸迫切，说得我心神向往，恨不能立即将它揽入怀中，占为己有。

“可是，它留下了，它的主人会着急呀。”我说得畏缩，这般没有力气的说辞，似乎是在说服自己，留下它吧。

“先让它吃点东西吧。”先生一向粗糙，此刻的细腻让我感动。

它喝了几口牛奶，用嘴唇碰了碰面包，并不动它。似乎，它更喜欢玩耍，尤其当我们追它时，它更是兴奋，叫声也比刚进来时响亮，仿佛这片天地原本就属于它。

“抱抱它吧。”我怂恿女儿。

“妈妈，它主人一定很喜欢抱它。”女儿看着我说，“它的爪子是剪过的。”

女儿这样说时，仿佛说破了一种心思，不舍与无奈都格外明显。

“让它走吧。”先生领它上了楼。

窗外是万家灯火，我不知它从哪扇窗而来，可它来到了我们家，与我二度相遇，成了此刻的小确幸。它并不懂得那扇打开的窗是为了驱赶它离去，也并不知晓片刻后，这扇窗就会紧紧地关上。

把它送到窗口，它三度出去，又三度进来。窗关了，又开了，我们站在那儿，舍与不舍，像把钝口的钢锯，在我们日趋麻木的神经上拉扯出此刻的温柔与感动。

女儿分明不舍，我又何尝不是。感动不知源自何处，是那声不经意的叫唤，是它偶然的出现，或是这无所求的相遇。这一切都是浅浅的缘分，可它在我心底，存在了，我会在某个深夜，回想起这声叫唤，想象着它突然从窗口跃入。人世间，人来人往，南来北去，许多人和事，并不能长久拥有，可美好，在一个眼神或一个短暂的拥抱中停驻成为永恒。

小橘猫，感谢你来，庆幸与你相遇。

我们站在窗边，站了好久；它站在窗外，也站了好久，叫声似能撕裂人心。

最后，它长“喵”一声，顺着瓦槽消失在黑夜。

“妈妈，它知道回家吗？”女儿倚着我这样说时，我看向窗外，耳边是那最想听到的“喵喵”声。它来了吗？我左右顾盼。

窗外只有夜色沉浸的黑瓦，它走了。可我知道，我家楼上那扇窗，不会再紧闭，会有一只猫的距离。

黑天鹅

那池水，晴天清，阴天浊。一群黑天鹅，天天都在这池里，不分水的清浊，不论阴晴，不问人世喜忧。

我隔着玻璃坐在水池旁，为黑天鹅而来。它们并不认识我，也并不因为我的喜爱而格外欢喜。它们扇动翅膀，或引颈高歌，都只是自然的欢喜。

时有行人停在池边，指着它们评头论足：这只美些，那只媚些；那边俨然一对情侣……

这群天鹅，我并不偏爱哪只，在我眼里，它们都呈现独特而完整的美。那细长的脖颈，并不为讨巧而昂向天空，只是它自然的姿态；红嘴上那圈雪白也并非刻意的装饰，只是恰巧的样子。它们啄池里的水，甚至啄在自己身上，只为寻找食物，或是梳理羽毛。而美，并不因此减半分，反倒生出让人心动的真实。

起初，我并非刻意为天鹅而来，只是某个闲日，来这里用餐，恰巧临窗而坐。那对黑天鹅，一前一后，扇动翅膀，恣意嬉戏的欢愉吸引了我。我流转目光追随它们，仿佛回到童年。儿时的纯真，追逐田野时的那份欢愉跃然眼前；又仿佛回到芳华，他和她的身影，像眼前的黑天鹅，一前一后，恣意欢愉。我真是羡慕呀！不由在心里轻叹：它们为何如此开心？

朋友告诉我，因为它们找到了爱情！噢，爱情，不论阴晴，不分水的清浊，不问人世喜忧，就这样欢喜于人世！仿佛顿悟，我从第一次来就把自己或他人藏进了这群黑天鹅中，刹那间，我突然洞悉了某个深埋在我心底的秘密。

像是启动了某个开关，我的耳边响起一些令人陶醉的旋律，它是舒伯特《冬之旅》中的《春之梦》：冬天的旅行者，冬天的流浪汉，他在冬天梦见了爱人；春天，他想回到对爱人、对诗意的向往当中。

我也在向往。这向往，是健康，是美好；是无视身旁的喧嚣，依旧静默如初。就如眼前的这对黑天鹅，自然欢喜，不负光阴。

你好，陌生人

不知从哪天起，我开始注意到这个女人，她在地铁站出口处摆了一个鲜花摊。她只在夜幕下出现。像我们熟悉的田螺姑娘，为她心爱的人准备好一日三餐后就消失了。又像是七仙女，总是在特定的时间出现和消失。鲜花卖得便宜，十元三枝，不是玫瑰就是百合，雏菊和满天星却是标价更低。我是喜欢花的人，隔三岔五会选几枝插进花瓶摆在书桌上，有它们陪伴，我的时光总是变得清幽，似乎有一种与田野、山川交友的喜悦。对于自小生活在农村的我来说，远离泥土太久就会觉得难受，那些赤脚行走在山水间的惬意已然成为遥远的念想，但并没有完全丢失，我总是会用一些与泥土相关的物件来满足自己对田园生活的向往。

对泥地的喜欢，追溯源头，在于人们那份对泥土的守护之心。我的父辈曾经从泥地里讨生活，他们在田里种植，收获稻谷、瓜果、蔬菜。他们的喜悦不仅写在脸上，也包含在唱出的山歌里，这喜悦和他们自己一样朴实、真诚，和山泉一样清澈、甘甜。这喜悦里有对未来生活的憧憬，也有对土地馈赠之情的叩谢，同时也是对自己一年辛勤劳作后的肯定。

你看，这个卖鲜花的女人招揽顾客的方式并不独特，不仅从不刻意推荐，甚至几乎不说话，除非你主动问起，她只是用目光默默陪伴你。也有特别之处，比如她会给每一种花写上一段文字，说明其来处、用途，以及适合送给谁，摆在什么样的空间里。

出于打探或是好奇，有时，当我捧着一束雏菊离去时，我会悄悄转身，像一个旁观者，站在不远处，看着这个女人和她的鲜花摊。夜幕下的鲜花并不像白日那般光鲜，却又多些光影叠加的神韵。从地铁口出来，光以昏沉的姿态示人，而这个鲜花摊，它等待与期待每一个走出来的人。像人们熟悉的那样，夜幕下从地铁站出来的人，有加班者，有赴宴晚归人，有他乡游子。或行色匆匆，或疲惫倦怠，或浓情蜜意，或相见甚欢，这是万物生长的姿态。而那个守在地铁口卖鲜花的女人，她微笑着迎接你，就像茫茫大海中的航标，总能抵达心的彼岸。走出来的人，也许并不多看她一眼，就消失在黑暗里。但也许有人像我一样，在某一个或失落、惆怅，或心酸、无奈的黑夜，见到这个微笑着守护花摊的年轻姑娘，心里为之一动，好似有人将光照进了昏沉暗浊的时光隧道，又仿佛有人唤醒了一颗乏味、苍白的心。这份唤醒，看似偶然，却是人与人之间某些情愫的碰撞，如同有人把一双手伸进胸膛，把人心底最柔软又最宝贵的时光涤荡出来了。于是有了驻足之意，停下来，带走一枝玫瑰、一枝百合，又或是一束雏菊。

驻足，有时只是偶然的瞥见——想到那天，我走进公厕，看见一个上了年纪的女人坐在角落的地板上啃苹果，她的坐姿和坐在堂屋门槛上一样自然。“奶奶怎么在厕所里吃苹果？”发出这样惊呼的是个五岁左右的孩子。我也在心里这样惊诧。我悄悄打量，老人小心啃咬苹果，生怕惊扰了出出进进的人。她的羞涩让人怜惜。她身上的制服告诉我，她是这里的保洁阿姨，用心侍候的这方领地，让她理所当然把这里当成了可以依赖的休憩地。

记忆划开大门，另一个并不相似的场景走了出来。我行走在他乡街巷，看着一个仔细清扫街道的女人，她个子矮小得如同七岁孩童。女人捡到了一捆硬纸板，她将它们叠好举过头顶堆在垃圾车顶，动作利索，心中欢喜暗自流露在眼角、眉梢。我站在那里，凝固般看着她，越看越美。

陌生人之间，大多只是萍水相逢，有多少陌生人是你人生中的惊鸿一瞥，又有多少人会对你微笑，又有多少人温暖、感动过你，甚至让你难以忘记。记得那年在郎德上寨看表演，我的左手边坐着两个七八岁的小女孩。女孩们嘀咕了一阵，其中一个小女孩直直地看着我，一脸沉思地说：“我好像看见过你，你拍过电影吧，这么好看。”我又惊又喜，勉强保持镇定：“我真的，从来没有拍过电影。”说这话时，难以抑制的欣喜终究没有流溢出来。她们不知什么时候走了。我回头搜索，发现问我话的女孩依偎在一个中年男人的怀里——那是个坐在石墙上写生的光头汉子。原来是画家的女儿，眼神果然独特，能看见常人看不见的美！

似乎，站在地铁站卖鲜花的女人，坐在公厕一角啃咬苹果的女人，以及那个因为捡到一捆硬纸板而心自欢喜的女人，我喜欢她们的理由，没有不同。这些陌生人为什么让我记挂？想来是她们以真心面对生活的姿态，让我感觉出一种区别于浮躁、喧嚣的珍贵与稀缺。而那些来自陌生人的夸赞、微笑，或许会随着时光飞逝而过，可同样浸润人心，这是人间难得，是我获得温暖与激励的秘密通道。

曾有一念

忽然记起，父亲住院的头天，他对我说，想吃大个儿大个儿的桃子。我随口应承，等一下去买。

父亲小脑萎缩严重，先是走路不利索，接着小便失禁。如今，他躺在病床上一直无法安定，像个多动症孩子。

晚上是一天中最艰难的时候。父亲双手无法安置，呼吸粗重，身子扭动，双手挥舞。像是身处噩梦，又像是被恶魔缠身。我实在看不下去，却又别无他法，只好给父亲喂水。他只喝一口，便说："有了，不喂了。"父亲的小便已难以自控，他不好意思麻烦我太多。

"不对你父亲采取强制措施不行了。"晚班护士进来时这样说，语气里全是责备。

"那不行。"我知道她说的强制措施就是将父亲的双手捆绑在床架上。

"来这里的病人很少有没被绑过的。出了事你自己负责！"

十二点过后，父亲的行为比之前更加激烈。他侧身挣扎，呼吸粗重，想摆脱什么却又苦于无力。“我这是怎么了？双手完全不受控制了。”他像个无助的孩子那般看向我。

“睡吧。”我把手放在父亲额头上来回抚动。

“你睡咯。”他声音清晰。可转身又继续挥舞双手。

但父亲还有记忆，也能正常交流。护士有时问他：“你叫什么名字？”起初他会规规矩矩回答：“我叫钟丁兰。”后来问多了，他也开始调皮：“兰丁钟。”护士一走，他就悄悄对我说：“真是的，我又不是傻子，一个名字，问过来问过去。”

出院那天，我问他：“爸爸，想吃点什么吗？”“不想吃。”“看电视吗？”“不看了。”我心里一酸。泪水在眼眶里打转。说父亲不喜欢看电视，熟悉他的人都不相信。可我知道，父亲累了，万事万物都不相关，无牵无挂了。

我已经忘记父亲曾经想吃桃子，却又在不经意间突然记起：那天妹妹来医院看望父亲，父亲再次说：“你下楼吃饭时帮我买两个桃子上来。”妹妹答应得很响亮，她回来时买了火龙果，猕猴桃，一片一片切好，整整齐齐装成两盒。虽没有父亲想要的桃子，我想，都是水果，吃了就好。

大家都习惯了父亲的迁就，没有谁在意父亲说了什么。他一直默默存在于我们身边，就像大地一样朴实宽容。记忆里，父亲的骄傲也都与泥土有关——“崽，你看今年我种出的花生，粒粒饱满”；“不想吃饭，这好办，我带你去山上走一趟，包你中午吃两碗”；想吃新鲜的凉薯，他就不声不响地上地里去挖；女儿说想吃烤红薯，他就屁颠屁颠地走进灶房，出来时，手里已有了香气四溢的烤红薯。父亲还从山上砍来竹子自制高跷和弓箭。是父亲教会了女儿踩高跷、射箭……

记起父亲想吃桃子后，我便和先生说，星期六我想坐高铁回去陪陪父亲，当天就回。“只有一天时间，匆匆来去，何必这么辛苦。”先生劝我。“我想给父亲送几个桃子回去。”说话间我已经哽咽。先生沉默了一阵，仿佛突然懂得我的心思。“去吧，路上注意安全。”他说。

父亲曾是矿工，上夜班时，经常给我们带些时鲜的水果回来，有时是李子，有时是桃子或梨。那时的惊喜仿佛近在眼前。我也想带给父亲这样的惊喜。那时父亲和我，现在的我和父亲，我们能否进行角色互换，我又能否成为父亲期待和盼望的人呢？

“你回来了？”父亲看见我时，先是盯着我瞧，很快他就哭了。没有声音，只有悲伤。不知从哪天起，父亲看见我时，总是忍不住想流泪，有时甚至号啕大哭。

我强忍住悲伤，有意挑选出一个最大最鲜的桃子，举到他眼前问：“爸爸，这是什么？”

父亲久久盯着桃子，眼里有孩童般的好奇，打量了好一会儿，他说：“切一半给我吃。”

“好吃吗？”我问父亲。

父亲只顾啃咬，并不回答我。

父亲生病后，就像有一双无形的手在抹除他脑海里的记忆——美好的味觉，喜好，盼望，记挂……这些词逐一从他身上消失。

也许不久，父亲会不再认识我，甚至对所有熟悉的过去感到陌生，而我记得，父亲曾有一念——想吃大个儿大个儿的桃子。

母亲的事业

父亲离开我们快一年了，母亲也过了七旬，我们兄妹仨劝她进城住，母亲总说：“城里虽好，可我的世界在乡下。”“那也不能再像从前那般操劳了。”我们说得果断。母亲说：“人啊，不能闲，尤其老人，一闲就闲傻了。”哥哥说：“田里土里活少干些，猪也不要喂了，去跳跳广场舞，打打纸牌，过些自在悠闲的日子。”这次母亲没有反对，还说：“我上午喂鸡鸭，下午约几个老友打打纸牌，晚上去村活动中心跳跳广场舞。”

反正从前家里也是喂了鸡鸭的，不如就顺着母亲的意思吧。我悄悄给哥哥和妹妹发微信，大家也就默许了母亲的执意。

可这次母亲喂鸡鸭不同于从前，像是蓄谋已久，有种要大干一场的架势。我这样说，好像我也是参与者，其实我只是最后的见证者。母亲一定是怕我们阻挡，她什么也没和我们说，一个人悄悄进行她的计划，自打年初返城后，母亲还有意提醒我们暂时不要回家。母亲不是天天喊着要我们回家的吗？我心里纳闷，却也是借着忙的由头并不细究其详。等到我五月回家时，母亲已经开辟出她的养鸡新天地，她像一个重新回到战场的将军，把我家屋后的田地按地势分为了三部分。

最高处，母亲称它为鸡鸭的食堂，她说鸡鸭养多了，尽喂稻谷大米，成本太高。她去野地里割些青草，去河里捞些小鱼小虾，再搭配粮食一起喂养。这样喂养出来的鸡鸭，肉质更加鲜美。

中间部分是草地，母亲说，这草地主要是让鸡鸭沾沾地气。再栽些果树，让它们可以寻些虫子吃，算是休闲区。

至于最低处，母亲把这块地的田埂垒高，蓄满水。鸡鸭本是喜欢水的，尤其鸭子，它们时不时列队去水池里洗洗身子。母亲说，有水池的地方喂养出来的鸡鸭毛发油光发亮，看着水灵灵的。母亲称这里为美容区。

"其实啊，"母亲说到这，叹了一声气，说，"鸡鸭最好是放养。不过国家有政策，要建设美丽乡村，鸡鸭只能圈起来喂养。这样也好，鸡鸭不会到处跑，也不会像从前那样到处拉屎。"

母亲和我说这些时，她正站在她说的"食堂"那片地上，一只脚踩在一条长板凳上，一只脚踩在地上。她有节奏地挥舞菜刀，青草从她手里"哗啦"滑下，撒落一地，那些五颜六色的鸡鸭围在她身旁，埋头啄食，如同一群孩子围在自己的妈妈身旁。我一下怔住了，心想，母亲喂养的分明是她的孩子呀。

我突然意识到，我们兄妹仨先后住进了城里，父亲也走了，母亲独自居住在乡下，这些鸡鸭是她用来召唤孩子回家的号角。

“母亲还是孤独呢。”那天返城的路上我对先生说，“可她又不愿意进城来生活。怎么办？”

“给妈买个智能手机吧。”先生说，“现如今不比从前了，家乡通了高铁，高速公路也在家门口，从长沙回老家，坐高铁才五十分钟左右，自己开车也不过两小时，以后我们多回老家陪陪妈妈。”

之前说过给妈妈换智能手机，可妈妈老是推说她不会用，不想换。我一脸懊恼。

“没关系，不会用，可以教妈妈。总有学会的那一天。”

没想到，母亲很快就学会了使用智能手机。她每天都会和我用微信视频聊天，有时说村里哪家又建新楼了，也说她学到的新广场舞。更多的时候，她让我看她的鸡鸭，还说家里又攒了好多鸡蛋，“你赶紧回来把它们带回城里去吃”。母亲为了让自己的话更具说服力，她还会通过微信视频让我眼见为实。而我也喜欢听她聊她的鸡鸭，她介绍它们时，会用特别的称呼，有时说那只“俏姑娘”，这只“黑公主”。母亲说它们的习性时，我能从她的语气中感觉出一种独特的细致与韵味，仿佛母亲在细说自己的孩子，而我轻易就能听出其中的深情。这样的时刻，往往是最珍贵又难得的，我时常能感觉出母亲像曾经养育我们一样喂养这些鸡鸭，也时常听得眼角潮湿。

母亲学会用微信视频后，我变得细心起来。有时我去超市，也会打开微信视频，给母亲介绍新鲜的水果品种，让她看老年人的服饰。母亲一向勤俭，若是我问她需要什么，她总会连连说什么都不需要，因此，我平时并不问她需要什么，只和她聊她看到的东西，这样一来，我就知道她的喜好，也知道下次带什么东西给她了。有时我去外地参观、旅游，也会跟母亲开视频，给她讲些奇闻趣事。母亲说，她好像跟着我去了外地一般。

站在我家前坪，往西南角的上空看去，正是凌空而架的高速铁路，不时能听到高铁一阵风似的轰隆而过。我时常从长沙坐高铁回家，一上车就打母亲的微信电话。“妈，车要开了，五十分钟后到家。”“好，你路上注意安全，等你回家吃中饭。”

这次回家，我像往常一样去后院看母亲喂她的鸡鸭，感觉这样，母亲还是年轻的样子，而我正是这群鸡鸭里的某一只。我喜欢这样的感觉，情愿坐在母亲身旁，看她挥舞菜刀，看切断的青草“哗啦”滑落一地，看鸡鸭围着她转。

漫长的告别

正是清明，我沿着村里的小溪往前。溪边有鼠曲草，一窝一窝，长势正好。想到去年在老家采鼠曲草做粑粑的场景时，哀乐升起在村庄上空！

死者是我先生的十爷。十爷不是爷爷辈，是叔叔辈。老家人称呼“十爹”的发音与“十爷”同。算起来，先生这边疏亲共有十四个男子，十爷排行第十。

十娘蹲在堂房前，手里端着一碗粥。离她不到三米远处，摆着一樽棺木，棺木里躺着她的男人。粥，是昨夜煮好的。十爷勉强吞了两口，十多个小时后，粥凉了，十爷走了。

人走粥凉，是十爷最后留给十娘的记忆。今天是出殡的日子，按村里习俗，凡是来给十爷上过香的人都可入席，这边俗称吃豆腐。十娘没有入席。席桌上有鱼有肉。她用一把铁勺搅动碗里的凉粥，舀了一大勺，送到唇边，却只沾了几粒米，铁勺连同粥跌入碗里，溅起的米汤爬上她的脸。她没有去擦拭，眼神看向田野深处，心思去了去年的春日。

那是个让十娘恐怖的春天。因为十爷查出患了肺结核。服药半年后，肺病好了。十娘奔走欢呼：“治好了，治好了。”明明好了，可十爷面色萎黄，眼看着气色一天不如一天，又去医院检查，说是得了肝癌。

接到从家乡打来的电话时，小生手里端着瓷碗，碗里装着刚煮好的小米粥。自打十爷生病后，小生的日子就过得惶恐。父亲患了癌症，已是晚期——是意料之中，却又总是心存幻念——碗滑出手心，粥洒了一地，碗也碎了。小生看着裹在粥里的那堆碎片和碎片上飘忽的热气，父亲出现了，看不见脸，全是密密麻麻的疤痕。一双硕大的手伸进小生的肚里，好像要掏空所有。而父亲的样子挤满他的眼眶，有时在厨房里，有时在浴室里，有时是端坐吃饭的姿态，有时是蹲在地上的样子……

小生大学毕业后分在远离家乡的重庆，是一名工程师，收入不低。可时间总是太快，入职、谈恋爱、结婚、生小孩，一件紧接一件。房子倒是买得早，可只有五十平方米左右，这两年正想着换套大点的，再生个二胎，到时把父母接过去，帮着看看孩子。所有的事都计划好了。

小生的计划注定是要落空的。其实十爷老早就想好了，他哪儿也不去，就待在村里。他想养一群家禽，顺带去河里捞小鱼小虾，去田里摸田螺。他常说，现在城里的禽类都是吃饲料长大的，吃到嘴里像嚼木渣，煮出来的汤是寡白的。

不如他喂出的鸡鸭，煮出来的汤是金黄色的，喝到嘴里是沁甜的！

村里人却不这么认为，他们窃窃私语时，怀揣着看穿一切的心思。也有胆大的当着十爷的面说："你哪是不想跟着儿子进城，分明是心疼儿子。眼睁睁地看着儿子结婚、生小孩、买房子，心急如焚，却一分钱也掏不出。"

十爷并不经常辩解，偶尔回应时也是一脸自嘲："我婆娘不识字，不敢出远门；我倒是上过高中，可我老早就帮自己看了相，是个出不得鸡笼门的下贱坯子。"

十爷说出的"贱"听着和他的贫穷有关，却为人们理解他打开了一扇门，但也只有熟知他秉性的人才能悟出其中的深意。自 20 世纪 90 年代起，村里年年有人去广东打工，可十爷总说，上好的田土荒了是作孽。只有他自己知道，他舍不得一双儿女。为了送儿子和女儿上学，方圆二十里，无论哪家建房子，他和十娘都抢着去揽活儿。他们甚至逢人就说："现在的工钱挣得来，一个小工一天也开一百五十元。若是碰上抬预制板的苦力活，可开到一百八十元。"十爷已经抬不起预制板了，早些年，儿子和女儿，一个上大学，一个上高中，正是花钱如流水的时候，他起早贪黑，抬预制板时用了蛮力，也自此落下了腰痛病。

十娘还在抬预制板。村里有人奚落十爷："有卵用，一双儿女都考上大学了，还让你婆娘受这苦。""娘卖乖的，生得贱。"十爷嘴里硬，转身却也是眼泪汪汪。他比谁都清楚，岳母走时，十娘还未成年。岳父是个瘫子。身为家里的老大，十娘靠一身蛮力盘活了这个家，也养大了三个弟妹。一个月前，十娘瞒着十爷在隔壁村抬了几天预制板。十爷走那天，十娘还在村医务室买了几片止痛膏药贴在腰上。

最初诊断出患了癌症是在县城的医院。小生坚持要陪父亲去省城的湘雅医院复查，确诊为肝癌。他又带父亲去省肿瘤医院复查，结论还是肝癌。

“出院吧！”十爷跪在儿子面前，求他放弃为自己治疗——十爷家有肝癌病史。他娘死于肝癌。最大的哥哥与最小的弟弟都已经死于肝癌。姐姐也是。他知道自己绕不过这道坎。他不愿儿子把辛苦攒下的钱填进他这个无底洞，他不想儿子到头来落个人财两空。

我和先生住在省城，老家人上省城来看病，我们都会去探视，更何况是十爷。

十爷是个热情的人，每次回老家，远远看见我就大声喊：“侄媳妇回来了。”有些嬉皮笑脸的轻浮。初时，我感到别扭，想他和我家公公也只是堂兄弟而已，更何况他那个疤痕累累的脑壳着实令人害怕。可十爷看不出我的心思，甚至无视我明显写在脸上的嫌弃，总是跟在我身后问长问短，我在婆家待几天，他就会过来陪我几天。说陪其实是满了，他每次来最长也待不过半小时，不是趁着早上上工前来，就是午饭后来，实在没空了，晚上也会打着手电筒过来。每次过来，总会给我讲些乡里的新鲜故事。不可思议的是，不知从哪天开始，我每次回老家，都想见到十爷，也总想着能听到他说出更多的新鲜事。

记得有一次，十爷对我说：“侄媳妇，你知道我的脑壳上为什么有那么大一块伤疤吗？”

不待我追问，他便说开了：“三岁的时候，贪玩，爬堂屋里的炕桌，一头栽下，正好栽进架在灶上的猪食铁锅里。那可是滚烫的猪食啊。”十爷感叹一声，又接着说，大人将他拎出来时，头皮差点被烫熟，幸好村里的老郎中有一手专治烫伤的独门偏方，才保住人命，却在头上落下一堆让人看了发怵的伤疤，头发也不再生长。前额勉强生出的一缕，他有意蓄得老长，试图遮住那堆疤痕，可风一刮，反倒呈现出让人尴尬的面相。后来，他索性剃个光头。

“顶着这样一个瓜瓢，哪家的姑娘看得上啊。幸好你十娘心善愿意嫁给我。”十爷应该是伤心了，说出这句话时，语调低沉，似乎还牵扯出一丝难以名状的情愫。

我也陷入回忆。记得听先生说，十爷是村里为数不多的上过高中的老人，还听说十爷和城里一位女同学走得勤。那位住在城里的女同学，虽然不愿嫁给一个癞子头的穷光蛋，却铁定了要当十爷的红颜知己。来村里的邮递员，除了隔三岔五把包裹扛进他们家（除了衣服，更多的是书和一些食物），还能看到汇款单。村里人羡慕十爷，也有人说，不知这个癞子头哪辈子修来的这福气。可老人们心细，也总是不待这羡慕的声音落地，就抢着说，你怎么就看不见癞子头送进城里的土鸡土鸭呢？人家是以己心换真心。

我正想着如何打破眼前的沉默。十爷又一脸笑容地讲开了，他说，他知道村前田垄里哪丘田里的黄鳝最多最肥，村前小河里哪一段虾米成群、哪块石头下可以捉到石斑鱼。望着他孩子般兴奋的笑容，我除了在心里有些替他惋惜，又多了些敬意——他是热爱生活的人，无论身处何处，都会找到属于自己的快乐。

而此刻，我看着眼前病床上的十爷，两腮深陷，如漏气的皮球，脸色比原来黑，而那眼神，除了寡淡，还有了一丝寒意。自然也见不着从前总挂在脸上的那副标志性的笑容了。他张了张两瓣乌黑发焦的嘴唇，淡淡地说，你们都要上班，还来这儿糟蹋时间干什么。

走进医院时，我的眼前还清晰地晃荡着他之前对我说起捞鱼虾时的得意。我多想十爷能热热闹闹活到百岁，可岁月把他的身子磨穿了。他是定然不舍的，但总把淡漠挂在脸上。这淡漠是热闹后的孤寂，是高楼耸立后的轰然倒塌，是知道自己不久于人世后的凄凉。我假装要上厕所，却躲进过道僻静处。眼泪哗哗地流了一脸，感觉要哭出声来了。我强压住一切，又生生将眼泪逼了回去。

我想喊，十爷，我喜欢吃你捞的小鱼小虾，你晒的白辣椒，你腌制的朝天椒，你养的水鸭……可我的喉咙里全是水，我忍住的泪水成了崩溃的河流，正寻找一切可以抵达的通道。

十爷斜躺在病床上，癌细胞扩散后，病痛整日整夜折磨他。起初，他用盐水瓶子装滚烫的开水放在痛处也能缓解病情，夜里还可睡上几个小时；而现在，盐水瓶起不了任何作用，痛像一把钢锯，不停地在他身上拉扯，折磨得他整夜整夜睡不着。躺在十爷旁边的病友刚做完心脏手术。十爷说，病友为了不影响远在英国留学的女儿的学业，竟然瞒着女儿。残酷的现实令我难受。我只有一个女儿，若我老了，也生病了，我会怎样做呢？学业的成功真有那么重要吗？而我亦是父母的女儿，我又尽了怎样的孝道？

一定是万不得已了。十爷当着我们的面主动给小生打了电话。“你来接我出院吧。”十爷从不开口向儿子要什么。小生正骑着共享单车往回赶，他一时心慌，站在路边，风突然吹得猛烈，仿佛要把他吹到他的父亲面前。也就在那刻，他有了不好的感觉。没有犹豫，他立即向单位请了二十天假，又坐连夜的火车赶来了长沙。

回到家乡，小生每天用纱布帮十爷擦脸。十爷仅能望着他，可望也只是望一两眼，便无力地垂下了眼皮。

十爷的床角边堆满南瓜、冬瓜；捞鱼虾的工具也摆在床边；一双看不清最初颜色的布拖鞋，左脚的那只前面破了洞，右脚的那只后跟磨得没了形迹。过去，小生来去匆匆，从不刻意打量这些。眼见村里一家一家建起了新楼房，十爷说他的高楼大厦建在儿子与女儿身上。小生悔恨不已，曾经他是多么想逃离父亲没完没了的唠叨——“物价又涨了”“来年两个孩子的学费该凑了”“田垄里的鱼虾越来越少了”……最后，他终于逃离了村庄，逃离了十爷，如被一阵蓄谋已久的大风带走的一粒尘埃。而十爷付出了年轻的脸庞和笔直的脊梁，十娘献出了她美丽的容颜与明亮的眼眸。在那场大风里，他志得意满地以为走到山外的岁月会像村庄里开满的油菜花一样灿烂。可买房子、结婚、生小孩，一桩紧接一桩的人生大事逼着他往前赶，他却浑然不知父亲已是油尽灯枯。

十爷喜欢吸烟——不，应该是到了痴迷的地步——可吸烟是笔不小的开支。他在心里打起小算盘，以当年的物价行情算起，一天一包烟，一包烟捡最便宜的买也要两块钱，一个月下来就得好几十块。这钱给女儿可以买一年的笔墨本子，给儿子抵半个月的伙食费。十爷心疼了，忍了几日不抽烟，发现自己脸色如秋草般枯黄，四肢无力。十娘惊慌，以为他患了重疾，再三追问，才知道原委。她二话没说，上村里小卖部赊了一条芙蓉牌香烟，放在十爷床头。十爷心里一暖，可到底还是心疼。

幸好他经常在村里各家各户走动帮忙。无论谁家讨亲嫁女、建房做竣工酒、老人归天之类的红白喜事，他总是不请自到，协助主家经办买酒肉、备礼品、铺排酒席桌椅等事宜。他倾心倾力，没日没夜，从没让主人家讲半个不字，只是随喜，跟着吃几回酒席，当然他最想要的还是那一天三包香烟的油水。就是平常日子，谁家杀猪、宰羊，他也是最肯帮人当个下手——架锅烧水、刮毛洗肠子、跑腿买酒买烟，等等。在这样的场面里，主人自然会多发几根香烟给他，所以他的烟盒里通常会有五六种牌子的烟，既有二十多块一包的芙蓉王，也有两块钱一包的芙蓉烟。若是碰到有人给了他一包芙蓉王，他一定会屁颠屁颠地跑到村里小卖部换成芙蓉烟，一包换一条，这样的美事并不常有，如同他越来越难在村前小河里的青石板下摸到石斑鱼一样。

我先生常说，算起来，十爷还是他的数学启蒙老师。在他五岁时，十爷经常这样逗他："湘宝，一加一等于几，二加二等于几，四加四等于几……"就这样，两个人你追我赶，竟然算到了五百加五百。因此，我对十爷多了一分崇拜，每次回老家时，总是怂恿先生给十爷捎些香烟。如今想来，也不知是在孝敬他，还是折损他。

十爷好打抱不平，也因此讨人嫌。有一年回老家过年，我看见十爷的头上添了新伤，问他怎么了，他支支吾吾，半天没说出个所以然来。后来，我背着十爷向十娘问出了原委。

十爷原本不胜酒力，那天偏偏多喝了两口，恰巧看见邻居家男人在打自己老婆，他是最看不得男人对自己女人拳打脚踢的，酒壮人胆大，他径直走进去，逮住男人好一顿臭骂。男人原本也是个烈性子，又正在火头上，哪经得起十爷这番斥责，当即抡起一根扁担劈向十爷。

听村里老人说，人死后会转性，不知十爷到了那边以后还会这样多管闲事吗?

对于一个爱热闹的人来说，忍受孤寂也是一种磨难。偶尔，十爷也想去村里走走，可他已经站不起来了，即便去，也是十娘用轮椅推着他。轮椅是小生从网上买了寄回来的。十爷一听这轮椅花了五百多元，心疼地说，用不了几天了，浪费了。

许是病痛难耐，许是不想拖累儿子。2017 年 7 月 14 日那天，也就是十爷死前第三天的凌晨四点，十爷挣扎着爬下床，爬出了厅屋。厅屋前是晒谷坪，晒谷坪前侧是近十米高的护坡，右侧是陡峭的小道，小道是用水泥和河沙搅拌铺就的，十分粗糙。凌晨四点，十娘突然惊醒，一身湿透，仿佛刚刚经历一场跋涉。她习惯性起身去看十爷，床铺空了，她顿时慌了神。去厕所，不见十爷。里外房间寻遍，不见十爷。最后打着手电筒，在坡下小溪里寻到了十爷。

寻到十爷时，他头朝下，脚朝上，栽倒在水渠里。此时，十爷的胳膊、膝盖、面颊全是血。闻声赶来的小生抱起十爷，十爷终于拼尽全身力气对儿子说了最后一句话："崽啊，我痛得实在受不了了。"

小生抱起十爷时，他就慌了：这哪是我爹，这分明是一截空了心的枯木。那可是个抬灵柩爬陡坡、曾经能当耕牛的身板啊。小生哭了，恸哭声惊醒了村后的老鸹。

村里的老者都听见了老鸹那近乎哭泣的叫声，像他们熟知的某种征兆。次日，他们分别对村里人说，有人要走了。

装殓师是村里年过七旬的长者，他哽咽着对前来吊唁的亲朋说："没见过这么替儿女着想的人。"十爷死前有遗嘱：死后不要刻意准备寿衣，女儿买的睡衣是新的，贴身穿在身上；十娘十年前给他织的细纱背心是新的，穿在睡衣上；儿子过年时给他买的外套，挂在衣橱里，商标都没拆，穿在背心上。村里的习俗是死者一定要穿三层衣裳入棺木。他分明是不舍得，可谁也奈何不了生死。

是最后一面了。那天和先生一起去医院看十爷，临走时，十爷捂着盐水瓶子，将我俩送到电梯口，说："我若是死了，会在那边保佑你们；若是还能活，我会将你俩的好记在心里。"这次他没有嬉皮笑脸地叫我"侄媳妇"，不知咋的，我的眼泪崩堤般流了一脸。十爷也在抹眼角。先生则背过身去。可我知道，他一定也是泪流满面。

没想到，那日一别，真的成了永别。

哀乐升腾在村子上空，摆在房前屋后的桌椅板凳上坐满了乡邻，十爷的至亲都会格外安排坐在屋里比较安静的地方。

我有时坐在屋里，有时会去摆着十爷遗体的堂屋里站着，有时又像不得不逃离什么似的，站在屋外去呼吸些新鲜空气。

小生呢？似乎一直没有说话，直到十爷的棺木要合上的那刻，他身子趴在棺木上，看着十爷，突然大哭，哭声凄厉，带着无法改变事实的绝望。

来来往往的人，不时响起的鞭炮声，人们的表情各异，说话的声音也各异，像是一场告别，哭有哭的悲切，笑有笑的真诚。而我仿佛看不见这些，却见屋前水泥铺就的灰白的村道上，一个体瘦肤黑的男人像阵风似的向前走去，双手摆动，一前一后，那般神气。他要去哪里呢？还有那个追着我喊“侄媳妇”的人，他又去了哪里？

故乡依旧

阡陌纵横之间，禾苗油绿，鸡鸣、鸭嘎、犬吠，远处山丘白雾缭绕，山沟之间溪水似银珠溅盘，天空水蓝与纯白相间。穿梭在村子的小溪将它的欢乐泼洒在溪边洗衣妇脸上，融入她惬意的笑容里。几个光着身子的男孩趴在水里，笑声随着水花流向村庄深处。

竹篱围栏的菜地里，南瓜花盛开如黄色喇叭，还有缀满苦瓜藤的五瓣小黄花，浅紫色的蛾眉豆角花；竹篱外面，凤仙花串成链、石榴花开得正灿。而搭架爬上墙边、屋檐的葡萄藤，似绿坡、青冠。泛青的葡萄挂在枝头，它的骄傲，只有在你穿过繁枝茂叶，让那一串串绿珍珠似的葡萄以拥挤的方式涌入眼里时，才能感受得到。

水田里，那绿油油的禾苗，随风摆动，似列队齐整的士兵，偶尔两株混入其中的稗子，不到出穗便被驱逐出它们的战场。

山丘，一座紧挨着另一座，手挽手，肩并肩，足底相连，山脉相通。不管是茂密挺拔的枫树林、竹林，还是伏地的灌木、丛生的荆棘，都有它的神韵。

村里人闲不住，山上没树的地方，灌木浅些的，便锄平种上了红薯、玉米、荞麦、黄豆……近水的田埂、土坡便会种上三两株豆角、茄子、西红柿、辣椒、芋头、高笋……而那些整齐挺拔在河道上的白桦树，或是散落在田垄的橡皮树，给平坦的田垄增添了一丝起伏的动态美：春天它们绿装相衬，俨然亭亭玉立的舞者或是英姿飒爽的男子，给人无限遐想；夏天它们储风送爽，给正在田垄收割稻谷的劳者遮一处阴凉；秋天它们换上金黄色或橙红色的外衣，让沉浸在丰收喜悦里的人们，憧憬畅饮新谷酿成的美酒的欢愉；冬来之时，它们身披白雪，静默立于田垄，陪伴人们期待来春。

在这里，我虽度过了我的童年与青少年，却从来没有像今天这样，静立于庭院前坪，近观远眺。直到今天我才发现，它原来这么美。其实它一直这么美，甚至更美。那些刻入骨髓的年少时光似音符跳跃在我的眼前。

春风吹来的时候，田地里油菜花一片金黄，稻田地里种田里手赶着水牛、扶着犁耙。妇人们有的在水边清洗菜蔬，有的抡起棒槌捶洗衣裳，孩子们放牛的放牛，拔草的拔草，生机勃勃，一片繁忙。还经常能看到来这田里捞泥鳅、小鱼的人。那时的水田里、水沟里泥鳅、黄鳝是取之不尽的，小鱼、小虾也是成群结队，稻田里的田螺比比皆是，还有一蹦一跳的蛙。最讨人喜欢的是泥蛙，它们个大肉香，是难得的美味。田垄的晚上更是迷人，当萤火虫开始打着灯飞舞的时候，蛙类更活跃，它们呼喊着，回应着寻求各自的朋友或恋人；各种昆虫也演奏起各自得意的乐章。这是一种纯自然的景观，既没有人类舞台上的那种造作，也没有闹市里的那种喧嚣，而那时的天空也在这样的演奏中更显宁静。

当许多人都在寻找故乡的时候，我庆幸我的故乡还在，故乡人的勤劳也还在。

裱些字画带回老家

我和先生去裱画，先生一开口说话，店里的裱画师就问："你是新化人？"裱画师看上去和先生年龄差不多，一口浓郁的新化腔。先生笑着说："从根上讲，我是新化人，可现在我的籍贯归属于新邵县坪上镇。"

"要搬新家了？""这些字画都是裱了运到乡下老家去的。""都运到乡下去？""我们在乡下建了新楼，有十多间房，爷老倌想在每间房的墙上挂些字画。"裱画师和先生一问一答，俨然早就相识的朋友。

"你们真幸福，城里有家，乡下有楼。"裱画师看着我们，一脸羡慕。可他很快又担心地说，一次要运这么多字画去乡下，一旦遇上崎岖的山路，它们可经不起颠簸。

"不为难。从长沙到老家坪上，全程高速，况且车子一驶出高速收费口，就已经进村了，家门离马路也只有一百多米。"我一脸自豪，由着嘴巴说出更多，"我们从长沙坐高铁回老家，不会超过一小时。自驾车也只需两小时。"我感觉身体里有一眼泉，幸福自然流淌出来。

“真是不敢想啊。”裱画师这样说时，目光拉长，仿佛一下回到了从前，“20 世纪 90 年代我回趟老家，坐火车，最慢的要十多个小时，快的也要五六个小时。我家住在深山里，从长沙回到新化县城后，还要转乘两个小时的中巴车，车子在山里转啊转，左摇右拐。”他停顿了一下，仿佛不愿意再回忆似的。

“过去回老家难，回到家里更难，进村的路，夏天黑尘飞扬，雨天全是泥坑，连拖拉机也没法进出。”先生的情绪被裱画师带回到那个年代。

“晴天一身尘，雨天一身泥。”裱画师说得很急，仿佛他正在逃离那种生活，可他停滞在这样的情绪里，接着说，“有一年在老家过完年，想坐火车回长沙，露天的站台上，人群堵在车门口如墙般密不透风。我夹在人群里，眼看着火车就要开了。不知从哪里生出的勇气，我突然踩着别人的肩膀把自己塞进了火车。”裱画师感叹一声，迷茫从眼里消失，一种按捺不住的喜悦流淌出来。“如今好了，沪昆高铁在我们新化设了站，我自己也买了车，一到月底，我们一家人就自驾车回老家看看父母，吃吃家乡的土菜。”

说到土菜，先生来神了，他说：“我家二老也在老家种菜、喂鸡鸭。每次返城，他们恨不得把菜园搬上我的小车。我说城里多的是菜市场，他们操劳了一辈子，现在也可以享些清福了，劝他们少下地干活。可老人总是说，能劳动就是福气。还说，现在交通这么发达，我们来去自由，只要菜地里一有了收成，他们就给我们打电话，我们得空就回去。这样他们也能听听我们说说城里的新鲜事。”

“父母的话从另一个角度启示了我。不知从哪天起，我把他们带进城里，陪他们去坐地铁、坐城轨……让他们体验不同的交通工具带给人们的便捷；也带他们去博物馆、美术馆；带他们去老城吃小吃、去剧院听曲。起先我总担心，怕他们拒绝走进艺术的殿堂，更怕他们去了那里不自在。可担心还真是多余，两位老人像孩子一样表现出极大的好奇。现在，他们不仅学会了看画展时要保持安静，还会在看到自己中意的作品时竖大拇指。我时常会因此莫名感动，总觉得眼前的情景如同幻影，可它们又分明真实地呈现在我的眼前。”

“你还真是有心啊。”裱画师一边量字画的尺寸一边说，“我也是经常回家，那些无污染的土菜一进城就成了宝贝。不过，”裱画师犹豫了一下，“如今乡下还是很少有人特意装裱字画挂在墙上。”

“如今乡贤回乡下生活的越来越多，他们多数能书会画，自然也喜欢在墙上挂些字画。偶尔我回老家，还能听到村里有人说，挂些字画在墙上，家里的确显得秀雅些。”先生说得很轻，可我感觉出他话里的喜悦，这喜悦是对村里人自然亲近生出的情分。

说者和听者的脸上都洋溢着幸福，说的人是觉得自己说出了实实在在的生活，幸福也就来得自然与真实；听的人是一脸憧憬与期待。兴许裱画师正在心里想，下周我一定要裱两幅字画给父母送回去。这也许是他从前没有去想的。而裱些字画带回老家，这也是从前的我们不敢去想的。如今，我们自然而然地这样想了，也就自然而然地这样做了。因为，这就是我们的生活。

美食的怀念

我生在湘西南一个靠西的小山村。如果把我们那个地方的美食全说出来，会显得我有多骄傲似的。或者多少有一种子不嫌母丑的嫌疑。比如猪血丸子、烟熏腊肉、霉豆腐、坪上牛肚王。这些美食打小出入我的生活，我对它们自然怀有独特的情分。而那些在旅途中自然发现的来自自然的美食，却使我有人生难得的口福。因此也常怀于心，念念不忘。

我曾经常坐北京到昆明的往返火车，途经贵州某站的时候，我总会下车买饭吃，菜有大片牛肉拌着浅黄的新鲜笋片，还有些我不认得的当地野菜。而真正勾起我食欲的是米饭的清香。吃的时候，除了口齿的满足，还能感觉出对胃囊的抚慰。对于一个常年以吃米饭为生的湖南人来说，这种体会太珍贵了。到底什么是好吃的米饭，现在人已经越来越挑剔了，可若是在一个不经意的时刻，当你咀嚼出这样的感觉，你定然不会吝啬你的赞美。这赞美有一种自得之意，因为你熟知什么才是真正好吃的米饭，那些看上去亮晶晶的珍珠般的米粒有时却入不了你的赞美之列，你赞美的是泥土，是阳光，是水分，是那耕植的手。只有这些才能唤醒你的记忆，才能让你品出家乡的味道。

对一种美食的怀念总与地方相关。米饭让我把故乡扛在肩头，不管行至多远，故乡都在心头。有一年我去西双版纳旅游，所有人都和我说这个地方的水果好吃。对于他们推荐的各种奇异的果子，我一概拒绝，因为它们于我太过陌生，我无法对比出其品性来。有朋友坚持要我选一种水果，我选了凤梨，长沙街上经常可以看见行走的水果摊上有这种水果卖，两块钱一片，甚至一块钱一片，泡在盐水罐子里。我不喜欢吃凤梨，主要有两个原因，一是买整颗回家时，处理它的果皮太费时了；二是我吃过从小摊上买来的削好的凤梨，总是感觉味道怪怪的，不是太生就是太熟。我怀着忐忑的心情吃着手中产自西双版纳本地的凤梨。如今想来，真是要感谢当时那位朋友的坚持。吃下的是凤梨吗？我心生怀疑，同时想，这里是热带，一定是这里的湿度、阳光和气温连续高于 22 ℃的日子给了凤梨不一样的品性。从此我不会忘记它了，在它钻进我的味蕾时，我觉得时间停滞了。我沉醉在一种纯粹的、天然的口舌之遇里。

说起来，我好多年不吃西瓜了，主要是我吃不到我想吃的西瓜了。那种只可意会、不可言说的感觉，只有你亲临那里，吃到当地的西瓜时，才会真正体会其意味。2018 年，我去了新疆北屯，在那里，我只是随手在街边买来西瓜，怀着平常的心情去吃它。可是我知道，以后很难再吃到这样的西瓜了，因为我吃到了真正好吃的西瓜，只想把它带给我的记忆长留心间，不想用不好的记忆覆盖我对它的珍惜。我并不排斥农业的高速发展，只是我对这些朴素的食物曾经传递给我的感觉的消失感到遗憾。自然，北屯之行让我对羊肉也有了难忘的体验。

一方水土养一方人，一方水土同样也养出一方美食。2016 年我随女儿的写生团队去了陕西的米脂，在那里喝了一碗小米粥，从此我对小米来自米脂有了地理方位的认定。有一次我去超市问售货员："你这里有没有米脂的小米？"她站在那里一脸木然，显然没有听懂我在说什么。我也就不好多问，幸运的是我在这家超市还真的寻到了来自米脂的小米。那份欣喜真是有如他乡遇故知。

如今我喜欢把美食和地名联系起来。我在云南玉溪生活过多年，算半个玉溪通，我知道吃泡鸡爪得去烟厂生活区 F 区农贸市场，茶花鸡属环山路那家做得地道，夜宵非西部小屋不可，酸汤鸡就是红塔文体中心旁边那家了，臭豆腐得上小庙街拐角的吴奶奶那摊，师范路的罐罐米线比过桥米线好吃，而吃干巴菌就得去郊外九溪那户农家，吃鱼必须驱车上江川……

"茶花鸡是用茶花煮的吗？"有人这样问，只是好奇。我会说："天下美食，皆经阳光浸透与转化，不管你识与不识，有缘或无缘，都是大自然真正的馈赠。”

想来，我和茶花鸡的缘分算深的，我女儿今年暑假还特意去了趟玉溪，就为了吃一口那里的茶花鸡。

鼠曲粑粑

每当清明将近，我就格外思念家乡。这正是山坡见绿，河水渐满的季节，蕨菜、春笋更是撒欢般从旧年枯草中钻出头来。而家里做的鼠曲粑粑更是童年最期待的食物。

这不仅是因为鼠曲粑粑好吃，也因为去田地里掐鼠曲苗尖好玩。乡下的孩子，无须多管教，总会自觉地帮家里做些力所能及的事情。此时，映山红开满山坡，油菜花、紫云英，红红黄黄铺在田地，如同织锦。自然，去田埂上寻找鼠曲成为一件近乎玩耍的事情。尤其想到亲手掐来的鼠曲很快就要变成香糯的粑粑，更是多了一份欢喜。

我的家乡在湘西南，惯常在清明节那天用鼠曲草来做粑粑。到了长沙后，我才知道，艾蒿子也可以做粑粑。

鼠曲草，属于菊科，周身披一层柔软的白色细绒，叶片像动物的耳朵，摸上去也是软软滑滑的。与多肉里的锦晃星形似。《本草纲目》等书里记载鼠曲的别称，有“茸耳、鼠耳草、米曲”诸种。显然，“茸耳”与白毛有关，“鼠耳草”

则因为它的叶片像幼鼠的耳朵。而“米曲”，据李时珍说，因为鼠曲的小花像酒曲，可以和米粉做东西吃的缘故。尤其鼠曲草与糯米同食，对脾胃虚弱、消化不良和肺虚咳嗽等具有一定疗效。

在我的家乡，立春过后，田埂上就能看到冒出嫩芽的鼠曲草，它匍匐在褐黄的泥土上，植株又细又萌，如朵朵盛开的银色小花。到了清明，鼠曲草长势正足，银白的嫩叶沿着茎秆层层往上攀爬，正是采摘的好时节。等到主秆抽得更高，枝头开出米粒般的黄花时，叶子已经老了，汁水也明显不足，这样的鼠曲草就不适合做粑粑了。这时候，以野草做粑粑的时节也就过了。

田埂上的鼠曲草不如枯草地里的鲜嫩汁多，因此我总是抢先去那些少有足迹的田地里，从那堆积着的枯草里探出头来的细绒般的鼠曲草，萌萌的，成了我的心头喜。因为要不断地辗转于田地，我经常是一身泥土，可我无暇顾及，时常因为比同伴多掐得一些上好的鼠曲草而喜悦，甚至兴奋，快乐也因此多了一层。

提着攒满鼠曲草的篮子回到家，母亲已经磨好了糯米粉，她进厨房洗了手，在灶房案板上做起粑粑来。将鼠曲草洗干净，沥干水，切碎放在石磨槽里磨成汁。糯米粉与绿色的草汁和在一起被染成墨绿色，再一个一个做成团，里面藏着芝麻、碾碎的花生和被白糖腌过的桂花，最后把它们摆放在上大汽的蒸锅上，蒸熟。

这样做出来的鼠曲粑粑，吃起来有着独特的清香，让人想起田野的细雨和山涧的溪流。而里面的馅料，甜而不腻，让人感觉出春阳和母亲的怀抱。有鼠曲粑粑吃的日子，我是连饭也不想吃的，就拿它当饭。清明节那天，村里到处都是拿着粑粑、边吃边玩的孩子，大家都想尝一口别人手里的粑粑，而我从不羡慕别人的，坚信母亲做出来的最好吃。

吃不完的粑粑，母亲会用砂罐装好，小心浸在井水里，或是藏在屋后的土窖里，次日再吃时，口感依然是极好的。

如今，家乡人做鼠曲粑粑的风气，也有了变化。从前一年只做一次，必在清明节那天，如今则多不受此拘束。清明前后，只要有鼠曲草就可以做，有时一春要做好几次。心细的女人还会把鼠曲草焯水，放在冰箱冷冻起来，入夏时再拿出来做粑粑，仿佛这样便多留住了一段春光。

记忆中，不同的节气，母亲总会做一些应节的吃食。村里人总夸母亲手艺好，这大概也给了我影响，让我愿意多关注这些事物。今年清明回去，我依然去田野里采来鼠曲草，看母亲又在厨房忙碌。我站在一旁，看着她磨草汁、拌糯米粉、做粑粑。我们偶尔也会交谈。这样的气氛，让人只想把光阴留住；这样的情景，天天看，也看不厌。

雪花丸子

儿时在乡下，村里人会在年末时杀年猪，打糍粑。一般情况下，这两件事还会连着做——杀年猪在先，打糍粑在后，都是热闹的场景。杀年猪时，邻居们围拢过来，拖猪头、抓猪尾、扛猪身。七嘴八舌，有的说这猪的毛发光鲜，平时吃相一定好；有的说，你看这猪的皮都快被撑开花了，肥肉一定很厚，好炼油；也有的说，你看都是年头喂到年尾，你家的猪就是压秤些，自然会夸这家人成运好。至于打糍粑，就更好玩了，男的打，女的印。其间会说粑印刻花好，印在糍粑上清晰明亮。也说这拨打糍粑的男人有劲，打出来的糍粑瓷实绵长。

而做雪花丸子的过程是清静的，像是一场喧闹后留给主人独享的时光。

年猪搁在堂屋里的案板上，父亲一边从上面切割他理想的食材，一边说："做雪花丸子的肉不能全是瘦肉，必须得选五花肉，甚至还要再格外补加肥肉进去，这样口感才好。"

父亲说出这些时，我总觉得他像一个拥有独门秘籍的高人。

做雪花丸子的另一主要食材是糯米。打糍粑的糯米定然是自家田里种出来的，先要浸上一夜，沥干，再上蒸锅。父亲总是会在糯米上蒸锅前留出一面盆，以备后续用来做雪花丸子。我时常觉得做雪花丸子的过程更像一场密谋。从杀年猪开始，父亲就开始行动了，或是眼力见儿上，早早就瞄准了哪个部位的肉是他的取材之处；或是打糍粑时，细细咀嚼的间隙，以及邻里间相互品评哪家糯米的品相好坏时，就对自家今年的雪花丸子的口感有了几成把握。

儿时，我并不留心这些。只是年复一年地看着雪花丸子出现在年夜饭桌上，也自然以为，过年才会吃到雪花丸子。

在我的家乡，除夕那天的早饭才是过年的团圆大餐。为了让年夜饭更好吃，父亲一定会等到除夕头天傍晚才开始做雪花丸子。他总是一个人安安静静地坐在堂屋里，身旁摆一张大案板，案板上有精挑出的年猪肉，五斤左右，肥瘦搭配，先切细，再慢慢剁成肉泥，直到肉与肉之间生了黏性，再加入蛋清、盐，以及剁成小米粒状的荸荠，再反复搓揉肉团，将手的温度与心怀的憧憬糅合进肉里。这时再将肉团捏成一个个鸡蛋般大小的丸子，待丸子周身裹上糯米后，再将它们一个个排列在上大汽的蒸锅上。大火蒸四十分钟后，你就能看到一粒粒晶莹剔透的雪花丸子了。

蒸熟后的雪花丸子会散发出独特的清香，我们兄妹仨闻着香气围在父亲身旁，一脸馋相。父亲总是会装几个在碗里，递到我们面前，说："先尝尝，才出锅的。"我们一边吃一边大声说："真好吃！"父亲看着我们，一脸满足。

雪花丸子除了在年夜饭上吃，还要多备几份用于新年招待客人。我们亲人间相互拜年时，都会在对方家里吃到雪花丸子，而我从来都觉得父亲做出的是最好吃的。

从前，只在过年时才做雪花丸子，如今是其他平常日子也可以吃到雪花丸子了。往年，心细的父亲还会把做好的雪花丸子放凉，在冰箱里冷冻起来，待我们返城时让我们带进城里的家，想吃时蒸热即可。

今年过年，我本是要做雪花丸子的，可心里总像梗着什么。似乎父亲的突然离世带走了我对这道菜的期待，又或是那道菜是专属于父亲的，我重复它就是不敬。

女儿正读高三，因为疫情，庚子年我们选择在长沙过年。正值大年初六，早上先生去学校当值班家长，女儿去学校自习。送他们出门时，我笑着说，父女一同去上学，真幸福！看先生和女儿挨肩走进电梯，我偷偷拍下了他们的背影。这个定格的瞬间，成了洒进我心田的春雨，想做雪花丸子的念头破土而出。甚至觉得父亲正站在我的对面，他微笑着看向我，眼神里全是鼓励。

记忆中，父亲并没有刻意教过我怎么做雪花丸子，也不曾要求我学会它的做法。可自有记忆起，我就记得，雪花丸子很好吃，也清楚它的制作过程。而父亲安静坐在堂屋里做雪花丸子的身影此刻驻在我心头，也因此让我拥有一种力量——我能做好雪花丸子。

显然，现时的我无法从年猪上割下上好的五花肉，也没有自家种植的糯米。去超市购买食材时，看见那里有现成的肉丸卖，可我坚持要亲手将五花肉剁成肉泥，我深信慢慢剁出的肉泥寄寓着对美好食物的憧憬与期待之心，如同期待一个人的成长、一朵花的开放、一座城市的变迁。而这个过程之于我，更像是与父亲的再一次相遇与对话，又似乎再见父亲的笑容。而身为母亲的我，自然也体会出父亲陪伴儿女成长时心怀的喜悦与憧憬。也因此，雪花丸子成了我记忆中最深的年味。

天下米粉始湖南?

1974 年，长沙阿弥岭发掘出一座有点奇怪的汉墓，编号为 74 长阿 M7。考古学家熊传薪在论文中写道，长沙周边常见的西汉晚期器物，它们独特之处在于身上刻有器物名称，或能对研究长沙西汉的历史有所帮助。器形有仓、井、灶、鼎、釜、甑、磨……另外有铁刀和陶罐陶壶等。

长沙美食家郭江推测，这些器物组合在一起时，就是完整的长沙石磨米粉（扁粉）生产作坊，也只有米粉作坊需要把这些器物组合在一起。如果推测成立，也就是说，在 2200 年前的西汉，长沙已经出现了石磨米粉，那湖南长沙就有可能是最早出现米粉的地方。

结合北魏农学家贾思勰所著《齐民要术》中记载的关于米粉的吃法："汤溲粉，令如薄粥。大铛中煮汤；以小杓子挹粉着铜钵内，顿钵着沸汤中，以指急旋钵，令粉悉着钵中四畔。饼既成，仍挹钵倾饼着汤中，煮熟。令漉出，着冷水中。酷似豚皮。臛浇、麻、酪任意，滑而且美。"臛是肉羹的意思。

三百多年前，长沙酱园（制造并出售酱、酱油、酱菜等的作坊、商店）兴盛，可以生产优质的醋，老饕们吃完粉可以喝点加醋的汤。清朝晚期，湘菜崛起，米粉的吃法逐渐定型。民国时期，长沙市面出现专业米粉店，汤鲜码润，原汁原味的滋味延续至今。

米粉真正流行于湖南，成为必不可少的吃食，是 1978 年改革开放以后。这期间，全国各地的人口流动频繁，可交换的物产丰富，加上湖南的稻米产量在全国靠前，湖南被学术界认为是中国最早进行水稻栽培的地方之一。洞庭湖平原水网密布，主要有湘、资、沅、澧四水，独特的地理条件为水稻的种植提供了良好的环境，而作为稻米衍生品的米粉，品质优良，成为在市面上流行的商品。

在快速崛起的米粉产业中，湖南米粉也在尝试走出去。

“北面南米”可以大体上描述中国人传统的饮食结构。北方的气候条件适宜种植小麦，而南方是中国最早驯化和种植水稻的地方，因此北方人喜食面食，南方人更偏爱稻米。作为稻米的衍生品，米粉是南方很多地方的吃食，除了湖南，广西、江西、贵州等省区也是传统的米粉文化区，网络上经常可以看到这几个省区的网友谈论哪里的米粉最好吃。

广西人说，柳州的螺蛳粉和桂林米粉家喻户晓；江西人说，我们是米粉销量最大的省，每天消费鲜米粉上千吨；贵州人说，我们的羊肉粉无粉可及；湖南人反驳道，那是你们没吃过长沙米粉和常德牛肉粉。

不得不承认，湖南米粉虽然种类丰富、历史深厚，但对外省人来说，很难对湖南米粉的特点形成清晰的认识，不像提起螺蛳粉，大家就能立马想到它的“酸和臭”。在快速崛起的米粉产业中，广西的螺蛳粉绝对是“流量”担当。《2019 淘宝吃货大数据报告》显示，2018 年，袋装螺蛳粉成为最受欢迎的地域小吃，牢牢占据“地域小吃”出售量的“C 位”。

面对隔壁“邻居”的发家致富，湖南人也在尝试将湖南米粉推向全国各地。出生于湖南常德的九零后张天一，将家乡的常德米粉店开到了北京，并且在做餐饮新零售多方面的尝试，比如开发“霸蛮速烹牛肉粉”。

而常德市也在大力发展米粉行业，改良常德牛肉粉的码子，减少辣度，使口味更加大众化。同时将手工制作的模式改为机械化生产，大幅提升米粉的产量。现在常德米粉不光供应本地，也销往省外，如武汉、南昌、西安、广州、北京等地。

据说湖南人每年至少吃掉十亿碗米粉，不论男女老幼，都喜欢吃米粉。湖南人认为米粉寓意美好，逢年过节，吃碗米粉，日子犹如米粉一样细水长流。

新旧交替，新，不突兀；旧，不颓废。

一条安静的巷子，一位听书的老人，一缕金色的阳光，两道麦秸色的老墙。我看着眼前这一切，如同欣赏一幅浓淡相宜的水墨画。

公园里，所有的物种都成了我的朋友，它们的神秘在我眼中成为自然。

我怀着一丝懵懂走进都正街，一来了，我就喜欢上了它，不是不可留的短暂的欢喜，是钻心的无法忘记的喜爱。

近于闹市，却独得幽静，这条有着历史沉淀的老街，吸引了八方客。

辑二 欢喜日常，人生难得享清欢

读书、散步、旅行……这看似简单的生活日常，却成了多少人难以企及的奢侈。

与书有约

读书，本是生活的日常，如同喝水、呼吸一样存在于我的生活。可是，如果要做一场读书会，那就不一样了，它需要发起人用心去找到一本适合的书，一个适合的地方，一些适合的读者。看上去如此简单，却又是那般奇妙。我从不做刻意的挑选，选定哪本书，哪个地方，哪些读者，都是心中早有的定数。听上去前后矛盾，如同一个谬论。但这就是笃定，于万千人中遇见你那般自然。

每一场读书会，都是与爱书者的一次约会。我们从这座城市的不同角落汇集一处，坐地铁、步行、乘车、自驾，不管用哪种方式，我们总能抵达，也总能怀着约会般的喜悦抵达。

穿上自己喜欢的衣裙，背上喜欢的包包，包里不能没有书，这是召集令，亦是通行证。没有人会阻挡你去参加一场读书会的，因为打头就被赞许。一个爱读书的女人，会是一位好妻子，好母亲，好女儿，好姐妹。一个爱读书的男人，也定然是一个好丈夫，好父亲，好儿子，好兄弟。

去参加读书会的人，定然会打量着装，它不需要华服，也不必浓妆，只需干净、得体。想来优雅也必然是从这里开始。于是，一个爱读书的人，多了他人难及的养颜秘籍。获得这秘籍的唯一法宝是日复一日将些许光阴撒在书本里，目光行走在字里行间，文字顺着时光隧道钻进心灵，浸润心灵。如此焕发出的气质是独特的、珍稀的，却也是一眼能看出惊喜的。这是读书人的气质，这是“腹有诗书气自华”中的“气质”。

而读书时引发的思考，更像是一场博弈——和过去的我，和潜意识里的我，和现实生活中的我，和那个期待的我；和书中呈现的精神气质；和陈腐的观点；和偏见与傲慢……哭和笑都是痛苦，也可以都是快乐。有时，书成为一个宣泄的通道，让你成为透明的自己。读书时，似乎有一双隐形的手，伸进你的身体，它总是想塞进去些什么，又总想掏出来些什么。其实，书更像一个智者，让你无处可藏，除了暴露隐匿身上的毒性与劣性。此时，书又为一剂良药。

读书吧，给自己这样一个时空，让自己走进身体，去体察、自省。如同独自去旅行时怀揣的从容与思考。自然，也会有感动与惊喜。想到多年前读到韩少功老师的《山南水北》时，我竟然大呼，这作者是我的知己。那时，我还没有见过韩老师，也不知道他的声望，只是自然欢喜，这是心灵被文字感召出的认定，更是一次酣畅淋漓的精神赴约。

择一个午后或是良宵，三五好友相约，无须酒肉，有茶即可。这样的好去处，自然不在少数，我独约你去暮云山有舍，可以坐书吧，歇凉亭，也可围坐在清水环绕的池塘边，或是竹林围绕的玻璃房里。我们谈及近来读到的书，不需要多么深刻，就说说各自喜欢的片段，或是那些可以直接钻进心灵的词语。

而眼下，夜色渐沉，凉风吹面，虫鸣鸟叫，树影绰约，参加完读书会的朋友们，依然沉浸在读书会现场的氛围里，似乎都不愿离去，你一言我一语。当我们谈及一本书时，我们更多的是在谈及我们的生活，如此这般，也是人间难得。

他日临江待

去年十月，因为要在杜甫江阁举行读书会，我以看场地为名登上了这座古阁。说起来惭愧，一个在长沙生活多年的人，竟然是第一次走进杜甫江阁。马笑泉老师是本场读书会的主讲嘉宾，当我们告诉他读书会选在杜甫江阁举行时，他非常高兴，说在杜甫江阁上讲江湖实在是太合适了。还说，杜甫的大半生都是在江湖中漂泊，他在《梦李白》中就写道："江湖多风波，舟楫恐失坠。"这是杜甫在江湖中漂泊时最直接的一种体验。当然，杜甫在这里说的"江湖"，其实是江湖的本意——江和湖。包括北宋文学家黄庭坚写的"桃李春风一杯酒，江湖夜雨十年灯"，更多的也是在描述一种自然形态的江湖，而不是文化意义上的江湖。

其实在唐代，佛教有一个说法，叫作"跑江湖"。唐朝是禅宗大盛的年代，而禅宗的许多高僧集中在湖南和江西。这些高僧基本上是六祖一脉，宗风开阔，很少有门户之见。门下弟子遇到困惑，师父甚至会指点他去另一位更加合适的禅师那里寻求答案。禅门弟子在江西和湖南两地之间奔走、参访，久而久之形成了“跑江湖”的说法。“江湖”在这里就具备了文化层面上的意义了。到了宋朝，范仲淹在《岳阳楼记》里写道：“居庙堂之高则忧其民，处江湖之远则忧其君”，便已经把江湖和庙堂对立起来了。这个时候的“江湖”有了我们现在所说的“江湖”的意义——一个远离庙堂的地方，在权力管辖不到的地方野蛮生长。

想八大山人，从皇家世孙到削发为僧，隐居江湖，得幸于文化江湖其自有的妙处，可以逍遥，可以得大自在。从而八大山人身处水墨江湖，独步古今。

第二次登杜甫江阁，缘于陪几位外地诗人朋友游览长沙。正是秋高气爽之时，我们站在阁顶层，不觉谈起杜甫。想他当年客居长沙，在湘江边佃楼，称其“江阁”。后来，江阁也就自然成为杜甫迎别友人之所。如今，江阁遗址不复存在，为纪念这位被历代人民爱戴的伟大现实主义诗人和世界文化名人，长沙人以原址为形，在湘江风光带兴建杜甫江阁。

长沙是杜甫最后的告别处，江阁是他在这里生活过很长一段时间的住所，因为他的出现，这里开拓出文学的江湖。如今的杜甫江阁俨然成为湖湘文化和杜甫相融合的契合点。就像我们今天来这里，凭怀伟大诗圣的同时，走进湖湘文化的深处。

杜甫江阁是一座七层的独立古楼，修建的历史并不久。

我们沿着江阁，从一楼走到六楼，站在杜甫江阁高处凭栏远眺，让人不觉生出一种难得的通透与豁达。已是下午四点，正好的光影营造出让人难以描绘的遐想。思绪信马由缰，带着我们走进历史的深处，又回到现世的文学风云。不知是谁起的头，文人们竟然异口同声："俱往矣，数风流人物，还看今朝。"显然，此刻这里，幻象万千，仿佛天下文人会集于此，他们在这里激扬文字、挥斥方遒。他们出入杜甫江阁、岳麓书院、橘子洲头、天心阁、城南书院，由他们起意，勾连文脉，臆想出诗人的江湖。

今天，我又为读书会而来。这次的读书会在杜甫江阁六楼的远山会茶室举行。我倚靠室外回廊栏杆，没有听见楼下有人弹唱，也无市井声惊扰，一种难得的心绪让人觉得弥足珍贵。忽然有个女子走来站在我身边。她看向我时，我对她微微一笑。只是纯粹的礼貌式地打招呼，她领会到了我对她的好感，赶紧对我报以同样的微笑。我和这个陌生的女人一块儿站在这里看向远处，不觉谈了许多，没想到她和我一样喜欢读书。这里只有我们两个客人。我觉得这时候约她一起喝茶也不能算冒昧了。她略微谦让一下也就应允了。

"你是从外地来这里旅游的？"我问她。

"不是的。但我是第一次登杜甫江阁。"

我们就这样坐在茶室聊了许久，就像我们是专门相约来到这里。茶室的入口处摆了许多文创产品。我们坐的位置离入口处很近，不觉就聊起了文创产品。她突然起身离开，回时手中多了两把扇子。“他日临江待，长沙旧驿楼”是题在这两把扇子上的字。我一时恍惚，仿佛杜甫就在眼前，这里正是他当日话别的地方。

今天，我为一场读书会而来，俨然走进文学的江湖，又见杜甫当年与友约于江阁，或高谈阔论，或浅唱低吟，这是读书人向往的生活。此刻，我临江而立，一江一阁，一洲一山，尽收眼底。从这里开始，从这里延续，生生不息地传承与相会。而我们，在这里举行读书会，仗着湖湘文化的底气，总是那么自信与骄傲。

新　旧

今年冬日，外地朋友来长沙，约起去海信广场的“文和友”小聚。我不知道“文和友”是吃什么的，心想不是土菜馆就是湘菜馆。万万没有想到，它竟是一座城。城是 20 世纪 80 年代老长沙城的样子。说是城，实为七层的“老楼”，约两万平方米的占地面积，近百户人家，商铺三十余间。放眼望去，满城只诠释一个词：怀旧。

我对老城文化有着天然的好感，眼前的一切轻易就唤醒我本源的亲近。而身处这一城的俗世，又格外让我感觉出它区别于喧嚣的拙朴。这拙朴是对中国巷井文化的重塑，是对过去睦邻友好的留恋，更是记忆深处不愿枯竭的长河。

从“文和友”出来，过一条通道就走进了现代化大商场。站在过道中间，我一时恍惚，感觉时光在这里发生了难以描绘的转换，而眼前的通道成了时空隧道。往前走，是现代化气息浓烈的建筑；往后退，回到 80 年代的长沙街巷，看一城烟火扑入眼底。无论进退，都是真实的生活，都让人迷恋。而我心头，却不由自主地浮现一词——新旧。

分明是旧楼，却有了新意。这“新”是现代人的创新，是新的思想。可这新又是以“旧”为底子存在的。也因此，它既招长者的喜爱，又惹出年轻人心底的怜惜。于是，也就多了一层“宠”。这宠是争不来夺不走的，是光阴一寸一寸砌出来的，一出现就折服人心。

不是吗？这城，对于长者，许是回忆，给自己回味过去悠悠岁月的机会。可对于伴着互联网生长起来的后生，他们已经习惯了风风火火的生活，又怎么能够理解这种岁月悠悠的感觉呢？然而，眼前进进出出的食客，无论长者，还是后生，都眼含新奇，都觉得自己进入了一个新鲜的世界。熟悉这城的长者，来这儿自然有了新的谈资；而后生，虽然知晓老城只是虚拟的过去，可眼前你来我家喝碗茶、我去你家吃口菜的邻里生活，反倒让他们对这原本陌生的老旧烟火生出亲近，甚至觉得这里面藏着他们的童年似的。

饭后，我和友人穿梭于七层老城上下，外来的朋友不时感叹，这样布局好，新旧交替，新，不突兀；旧，不颓废。和谐中照见了老城人日常生活中的幸福感。

站在年末，我和朋友自然会话及辞旧迎新。定然是同岁月告别，却也是对新年的憧憬。在费孝通先生的《文化的生与死》中有这样一段话：“我们说昨天已经过去了，如果仔细想想，你会觉得‘昨天’并没有走，今天里有昨天的‘成分’在；就像昨天的‘我’还留在今天的‘我’里，可是今天的‘我’已经有了变化，又不同于昨天的‘我’了。这种看法，是把‘事物’看作是不同时间上变化的集合体。”

新旧如同每个即将告别的人，是此处的旧人，却是彼处的新人。新是初生、初出，初次露面，是希望；旧是成长、行走，是岁月的堆积。我们也说，新旧如墙，由每个新的开始砌成，岁月又将它打磨成旧。新旧，又如长河，新是源头，是每个人所站之处，流经的水是新的，而上游之人，所站之处的新已成了他的旧。而下游呢？你的旧却是他的新。如此说来，新亦是旧，旧亦是新。

不知怎么的，突然想去天心阁看看，想倚着那段城墙看天上白云飘过，闻蜡梅自然香甜，听城墙那边都正街的人间欢笑。这是今年的蜡梅发出的香，正新鲜着。有老人经过时发出感叹，声音喜悦。我站之处与蜡梅相隔不过一米，它的香气自然沁入心脾。而城墙的纹理，又怎么抵挡得住这香气呢？于是，墙也就成了新墙。可墙边的石碑碑文告诉你，这墙有多老。老是年轮，是岁月，是风霜，是积淀。而我，无论哪次来，想看它、打量它、探究它的心思却是新鲜的。存在的旧和寻访的新交替出新旧，新有新的意境，旧有旧的嚼头。

“阁上九霄迎日月，城留一角看江山。”喊出这句对联时，是三年前的秋日，我和外地来的文友沿着天心阁古城墙拍照。走到月城，文友停下脚步，背靠城墙，久久不愿前行。思绪如波涛翻滚，历史在眼前铺陈：1852 年，西王萧朝贵率太平天国农民军攻打长沙；1905 年，孙中山、黄兴在日本派遣同盟会会员陈家鼎回湖南组织同盟会机关，其秘密机关一度设在天心阁内；1930 年，彭德怀率领工农红军攻入长沙，也在天心阁向部队做过报告；1938 年，天心阁毁于“文夕大火”……

历史牵绊出沉重，我俩站在那儿，一动不动，仿佛两具雕像。有声音从老城墙西侧的都正街老巷里传出：猫在叫，犬在吠，电视机在播放，炒菜的香味从墙里钻出来。而远处岳麓山上，夕阳披身，不见春天的翠绿，却有其独特的沧桑。这样也好，映衬蓝天呈现出连水彩也难以表达的纯净。抚摸城墙，恍若感知出生的气息；听风吹响树枝，以为是城墙的声音，如同一个长者站在那儿，声音是他的回声。这是我新的遇见，我和城墙都是彼此的新，却因为某些情愫，我将它视为老友。我走近它，感知出棉的温实，这是旧知才有的放松。大抵，这就是人们口中常说的一见如故。原来一见如故说的是新旧的碰撞。故是旧，而这里的旧说的可不是过去了，是一眼千秋，是终于等到了你，亦是你来或不来我都在这里的淡定。

于是，在这样一个满城梅香的冬日，行走在长沙老城街巷，青砖白墙一如旧时光里的模样，而葱茏在院前墙上的花草却是市井人忙于生计后从心底钻出的小确幸，犹如墙头那挂凌霄，倚在斑驳的门楣，却给人无限希望与憧憬。在天心阁城墙边听老人细说旧时光的故事，让我恍若回到了那个年代。而那个久站在蜡梅旁的姑娘，她陶醉的样子，让人怜爱，老城墙也因此焕发出生机。

你好！

是意外之事吗？这里是长沙市天心区湘府文化公园。公园像一处突然空置的舞池，所有舞者被风刮走了般从这里消失。我独自行走在这里，沿着灯光走进黑夜深处。很难遇到行人。偶尔遇到，也是匆匆而过。彼此都把脸埋在口罩后，即便是熟人，也很难轻易辨识。我们掐断了寒暄的念头。并非冷漠无情，是我们养成了习惯：和他人保持一定的距离。再也听不见有人因为觉得麻烦而抱怨戴口罩，更没有人因为行为受限说出过激的话或做出异常的行为。就像正在排练大合唱，所有人都知晓自己的角色，你是高声部，你是中音区，你在低声部。“出门戴口罩，回家洗手、漱口，吃健康的食物，不再熬夜。”朋友的微信签名换成了这行文字。是的。我们不再因为新的疫情出现而恐慌，但也绝不能掉以轻心。

这公园，北有乐之书店，南有湘府24小时图书馆。一周前我们在这里分享蕾切尔·卡森的《寂静的春天》。“现代人类轻率而鲁莽的行为打乱了自然演变的审慎节奏，迅速催生了各种全新的环境条件。”我沿着公园行走，来来回回在心里默念这句话。脑海里没来由地浮现《三体》里的诸多场景，想到那个在地球上孤独行走的女孩叶文洁，她在阅读《寂静的春天》时，她想：人类的非理性和疯狂仍然每天都历历在目……叶文洁由此陷入绝望，也因此让我感受到《寂静的春天》对她的心灵产生的震颤。我在心里哼唱：深夜花园里四处静悄悄，只有风儿在轻轻唱。夜色多么好，心儿多爽朗，在这迷人的晚上……我以为自己正拥有这样的夜晚。可我知道，一切都需要等待。“别害怕，一切很快就会过去。”我看着周围高楼上的灯火说。

一名身穿义工服的公园管理人员走近，问我：“你没戴口罩吗？”我说带了，装口袋里了。“戴上吧，戴上安全。”他还说，“要是真没带，我送你一个。”一种顿悟的力量让我感动——这寂静无声的公园，看上去孤静、空寂，却是抗疫战士守护下的坦然，是百姓能真实把握的安宁，更是大家共同抗疫后的真实呈现。

电影《钢琴家》，我看过三遍。印记在脑海里的镜头无数，最清晰的一幕是男主人公独自行走在荒废的街道上的场景。没有人，没有任何生灵。我能感觉到他的悲伤。可他并不绝望，也因此他活下来了。后来，日子太平了，他像从前一样弹钢琴，他总是浅浅地微笑，没有兴奋、没有哭泣。他的微笑，看上去和他最初出现时一样迷人，却又有着天然的区别。所有之前经历的苦难，必然在他心里烙下印记，成为最深刻的洗礼。因此，也让他后来的微笑弥足珍贵。

我继续在公园里行走，四处寂静无声。我清楚它往日的盛况，无论朝时来，还是暮时去，公园里总是欢笑有声，琴曲相和。如今，拥有自由时间的人选择宅在家里，无论住得离这儿有多近，都自觉减少出行。这不是逃离，也不是害怕，是一种更大的坚忍与等待。所有人已经学会冷静面对这一切。也深深懂得，无论你多么不舍往日的热闹，也得尊重生命。如此，才能再次拥有往日真实、平和的生活。这场独自行走，看似冷清，却让我获得了平时难得的生命体验。这是我悄无声息地与周围一切融为一体的时光，是我生命里的思考：反省在人与自然的相处中，如何做到“有所为、有所不为”的珍贵时刻。

眼下是凌晨三点，万物已经休息。身处寂静无声的黑夜，心中自是有万千声音。它们推醒我，使我写下这些文字。隐约听见远处载重卡车在街上奔跑。昨夜奥运会女子四百米栏半决赛，雨下得很大，看台上没有呐喊声、加油声。她们依然跑得很快、很美！我有晨跑的习惯，再一次需要日常戴口罩后，我选择了行走。而我依然会对沿途所见说，你好！早晨。我珍惜每一朵花的开放，每一声鸟的鸣叫，每一寸土地吸吮雨水的声音。

陪伴者

与一座公园结为友，这是多么别致的交情。

此公园名为湘府文化公园，南抵杉木冲路，北靠湘府路。正门立有石碑，刻有“湘府文化公园”几个大字，与省政府正门相对而立。

十多年前，我认识湘府文化公园时，它未具今日之规模，那时名为景观轴线，取其条状的体态。面积也只有今日的一半。那时这里游人稀少，我并不因此觉得它冷清，甚至暗自窃喜于这里难得的幽静。曾经有段时间，我每天都会去公园散步，于晨间，于黄昏，如同一场不得不赴的约会。我常常恍惚间觉得，这公园几乎成了我的秘密花园，我的身体与精神都在这里得到了浸润。

更早的时候，公园的四周没有房子，四处荆棘，杂草丛生，又远离长沙市区，像是一块与世隔绝的野地。女儿纯净清澈的童年，在这公园里度过，春看樱花纷飞，夏听蛙鸣此起彼伏，秋夜在此望月，冬闻蜡梅香。时间总是过得太快，女儿徜徉在公园这个神秘王国的童稚的样子，长久地停留在我的记忆里。公园的广场、睡莲下的小鱼和龙虾、树枝上的鸟窝都认识她，也一定记得她。

犹记女儿上小学一年级那年初夏，我组织她们班部分同学和家长来公园开展趣味运动。我们在公园中间的大广场拔河、踢毽子、丢沙包、跳绳。我听见了无尽欢笑，我听见了花开有声、风吹树动，我听见了除此以外的宁静，我听见了来者的赞美，我听见了过往者的羡慕……在所有人眼里，这里只属于我们，如此美好且宽阔。只恨时光太快，我们甚至忘记只有一个上午的活动时间。

我甚至在这里为女儿举行过生日聚会。对于孩子来说，去公园过生日是一个不错的选择。孩童的天性在这里放飞，而生日的意义也因为不一样的体会被铭记。相约来此的小朋友，会带来礼物，也会带来节目。有时也会因为意见不一致而产生间隙，好情绪也许会遭到暂时的破坏，可这样也不失为一次新的体验与思考。而引导孩子如何与公园和谐相处也必然成为一种思考。其实也很简单，把公园当朋友，当亲人，爱护之心自然生出。

取名“文化公园”也是有其笃定和认定的。如同在人群中被辨识，这里有着一般的公园最难得的文化氛围，来这里读书成为我和女儿最平常也最喜欢的事情。

来湘府文化公园，定然是一场与自然的对话。这里植被丰富，树木种类繁多，鸟鸣不断。过去，我时常带女儿来这里辨识树木，有时也通过聆听鸟叫来辨识它的名字。于是，公园也就成了镜子，照出我们在此类知识上的浅薄与贫乏。还好，这里有书店和图书馆，我们心里也就有了靠处，温暖也在这刻生成，公园总在恰当的时刻抚慰我们，又在恰当的时候给予我们了解彼此的通道。

是公园，赋予我和女儿众多好时光。而虚度，是我选择这里的另一个原因。有时，我就坐在公园一角的长椅上，什么也不做。就那样任由时光流逝。离去时竟然感觉内心充盈。是这里的流水、花香、鸟鸣，以及宁静传递了消息给我。我似乎在倾听它们的对话。这里所有的物种都成了我的朋友，它们的神秘在我眼中成为自然。这自然是日久天长，是一天一天处出来的。

从女儿的童年到少年，再到成年，我们一次又一次地走进公园，又从这里告别，又无数次地回到这里，去看我们曾经流连忘返的睡莲池，留下童年梦想的那片林地，以及印记欢笑的大广场。自然也去书店寻一本好书。

在我们心中，湘府文化公园俨然是我们人生的陪伴者了。

灵山居

从邵东高铁站，经绿汀大道，抵达仙槎桥镇灵山寺村，不过二十分钟车程，就到了灵山居。

灵山居是一家集民宿与餐饮于一体的慢生活休憩地。其主人叫刘华，见到他时，我心里陡然闪过济公开怀大笑的样子，觉得他们有着相似的侠骨与超脱。

到底是春天，院前院后，墙头坡间，走到哪儿都是生命旺盛的样子。刘华说："所有植物是他花了不少时间，从微信花友群里甄选出来的优良品种。"紧接着他又说："我理解的优良是不择土地，不难侍候。"

同行的朋友在省城住别墅，可是因为一楼院子光照不足，她只好在二楼的露台盆栽月季，来到这里，轻易就能看出她眼里的羡慕。"自然是与土地、阳光充分接触的花开得最美。"她一边观赏一边说。"人也一样，不能天天活在云端。所以我这里不推崇所谓的精致生活，一切都带点拙和糙，让来到这里的人充分放松。"刘华咧嘴大笑着说时，我看着他直冲上天的褐色头发和破洞牛仔裤，感觉出一种天性的自然。

刘华告诉我，灵山居的三栋木屋是他从外地购买来的老房子。他还说，当年他和妻子回来，这里只是一片荒山。花了五年的光阴，灵山居才有了今天这模样。

我还不想听刘华说他的创业史，倒是想看出这里区别于他处的意味。于是和友人沿着起起伏伏的山坡去探寻。

三合土垒就的土坯墙、门洞是粗糙的，可有了藤蔓的攀爬，折射出独特的光影。这颜色，并非散漫而任自斑驳的颓废，是积极而让人舒心的熨帖。甚至你能从这凹凸不平的墙壁里看出人世烟火——是人心垒就的厚重，又有看轻一世繁华的淡泊。

看着从墙洞里钻出的迎春藤，和着墙头的凌霄花、金银花、风车茉莉，从嵌在墙上的瓦片里钻出的光，我站在这里，突然想到了莫奈，想到他眼中的光，想到他走在田野中，看到干草堆，看到日出，看到如此饱满而含蓄内敛的黎明的光，想到他如何懂得了一点“日出”的壮丽，不是因为光的炫耀，相反，真正的壮丽竟然如此安静谦卑。

如同一个闯入者。我立在那儿，花香浸染，久久不愿挪步。此刻，我似乎感受到了刘华说的，要打造一种慢生活，让所有来这里的人，慢下来，好好喝口茶，好好吃口饭，再用心和朋友聊聊天。

“下来喝口茶吧。”刘华在山下大声叫我们。

刘华正在交代一个女人，中午有两桌客人，预订了一只两斤重的土鸡。

“这是我妻子。我妻子正牌大学毕业，又有正式工作，现在却陪我在这里当农妇。委屈她了。”刘华似乎想说出更多，他看向妻子，满眼深情。“我心甘情愿的。”妻子羞涩一笑。

“嫂子你胆子真大。”我这样说时，朋友紧接着说：“嫂子好眼光。”

“起先我也担忧。我原本在城里上班，还开了一家卤菜店。为了资助他，我辞了工作，店也关了。”她看向远处，一脸思绪，很快又笑意盈盈地说，“现在好了，总算看到了希望。吃得好，睡得香。每天有忙不完的活儿。”我看向她，心想，夫唱妇随，相濡以沫，这是多少家庭羡慕的夫妻情分啊。

“我妻子是受苦了。”说这句话时，一道闪烁的亮光从刘华的眼角流露出来。似乎在回忆，从下岗到自由创业，再回到故乡，仿佛所有一切又重新经历一遍。再看到眼前，光阴铺展成房子、土地、花草、来往的客人……每看一眼，欢喜便从心里流淌出来。

“嫂子，辛苦了。”我和朋友都这样说，像是约好的。我们相视一笑，从彼此的眼里看出的，除了敬意，更多的是羡慕与祝福。

“来，坐这里。”刘华大声招呼我们。茶桌是一张大根雕，他说是他和朋友去外地买来树根，自己打造出来的。到底是学美术的，成全美与创造美的能力随处可见。他一边泡茶一边说：“这里的一切都是我亲手设计的。那土坯墙，那坡石山，都经我双手打造出来。所有的植物，哪面墙爬月季，哪里适合栽凌霄花，迎春藤从哪里钻出来，都是我的心思。这茶也是我亲手制的，从采摘茶叶到成为眼下杯里的茶，都是我独自完成。只有贵宾来了，才有的喝。”他大笑一声，又说，“你们慢慢喝，这样的茶叶才好喝咧。”

“清明过后，我就要犁田去了，你们站在屋前望下去，那一垄田，全是我租种的。”

“你怎么舍得告别都市生活，来这里当一个‘农民’？”这是许多人的疑问。

“其实，初衷与我的小女儿有关。那年，我们回老家来看父母，女儿患有鼻炎，她来到这里，才住了一个星期，鼻炎就减轻了许多。”刘华喝了一口茶，思绪一下回到了五年前。为什么不让孩子在这里生活？刘华心里突然想到留在村里生活。“加上那时父母已年迈，两个老人平时只能彼此依靠，辛辛苦苦抚养大的孩子却各自天涯。”似乎讲到了伤心处，刘华的声音变得沉重。

突然，他又嬉笑着说：“我还想让伤心人来这里治愈。”

试想，谁又不是某处某时的伤心人呢？不矫情不造作是他赋予这里的底色。经他抚摸与打理过的灵山居，这房子这山这水，一花一草一木，是心血浇成，自然也有了人世的冷暖。而主人抱定的态度“你来或不来，我都在这里”的超然，又让这里多了一份淡定与脱俗。

来的路上，想到疫情，我心里有顾虑，怕自己冒昧而来，让他有一种心理上的负担。可是来到这里，我完全没有了这种顾虑。因为灵山居独居一方，百亩之内没有其他住户，灵山居因此获得了独特的庇护。

已近黄昏，还没有完全退尽的夕阳，让天空呈现出白日不及的光影。与大地接近的天空成了墨色，挨着夕阳的染成了橙色；裙带般飘在橙色上的那些云彩，如同风吹动的炊烟。弯月升起，如银色的眉，悬挂在那儿，惹出人心底的不舍。而灵山居前坪的那片水，在天空的映衬下，呈现出魔幻的色彩。临水有一排木房，房子的西端是一座凉亭，亭里有一白布铺面的长木桌，我们正坐在这里享用晚餐。一时，仿佛家人，这美食，这欢声笑语，这景，都那么自然。饭后我和朋友还要赴高铁站赶回长沙，分明不舍，却也有了新的期待，他日来时，水上有栈道，水里有荷，听蛙从荷叶上扑腾跳下，那是多么让人惬意的景致啊！

回去的路上，我回味刘华说的慢生活，有了另一种理解，他的慢，是不为功名利禄所左右的心态，是否定急功近利的安静。我想，这就是灵山居的魂。

舀瓢井水慰凡心

每当走近白沙古井，我就格外思念家乡的老井。这正是酷暑当头、农忙双抢的季节，平时在田野、山坡撒野的孩子们，也都沉浸于丰收的忙碌。而用家乡泉水配置的糯米甜酒更是少年最期待的美味。

这不仅仅是糯米甜酒好喝，更是因为井水的沁凉消除了酷暑笼罩在人们身上的倦怠与苦闷。在我孩童的时候，消暑的食品并不像如今这般充盈，大家能吃到的多是自家田地产出的瓜果。瓜果成熟的季节，是孩子们最开心的时候，而去井里提一桶新鲜的井水自然成为一件令人向往的事情，尤其想到把瓜果浸泡在井水中会变得愈发好吃，更是多了一份喜悦。也因此，我们对井水有着自己独特的辨识力，知道一天中什么时段的井水最好喝，抿一口甜在舌尖，吞下肚去时，浑身都觉得舒坦。

在我的家乡，常年喝的是村里的井水。到了长沙后，我才知道，能喝上一口白沙古井的水是一件多么奢侈的事情。

白沙古井位于湖南省长沙城南的回龙山下西侧，在天心阁东南方约一公里处，自古以来为江南名泉之一。泉水从井底汩汩涌出，清澈透明，甘甜可口，四季不断。

白沙古井到底始凿于何时，已无史料考证，但能从明崇祯十二年刊印的《长沙府志》中得到肯定，那时的白沙古井已经很有名气了。其实这份追究也是多余，天心城南占了长沙老城历史文化的百分之七十左右。中国自古就有“市井”之说——古时的潭州城，人们仰仗这井水生活，运水车，挑水工，以及慕名来取水的人往来不断，新的行业与新的人群因为这井水而生成，他们聚集于此，生活于此，于是就有了白沙街。

从前，因为我工作的地方要经过白沙古井，我时常只能坐在车上远远地与它对视，也羡慕那些悠闲围坐在井边乘凉并取水喝的人，而我却没有一次真正去井里取水喝过。

一次让人意外的行走，让我在凌晨从白沙古井里取水喝。正是三伏天，我睡到半夜，突然醒来。我穿好衣服，悄悄地出了门，沿着街道，竟然走到白沙古井边，明月在上，井水泛着银光。街巷一片宁静，所有人都睡着了。我突然感觉自己变得富有，这涌动的井水，这让多少人梦牵魂绕的古井，在这一刻，只属于我一个人了。我趴在井边，身子与井沿贴得很近，感受井水的流动、倾听井水的流动。我感觉内心很宁静，仿佛自己回到了故乡，回到过去养育我的那口老井的身边。

后来我去白沙古井里取水的机会多了，俨然形成依赖，隔一段时间就要去看看它，与它对话。这对话是无声的，可我分明能听到万千声音，这声音是以井水的流淌为背景，仿佛一种独特的叙事，它开了头，我就能把我心底最想说的话全部表达出来。

白沙古井是应该骄傲的，它所在的这座城市，早已繁华于世，人们的生活早已不再依赖于一口老井，它却依然被世人宠爱。尤其黄昏，人们约好似的来到它的身边。这让我轻易想起故乡那口老井的盛况，在田地里劳作了一天的人们，趁着天色未黑，争相来到井边，他们要取回一天中最好的水回到家里，煮上一顿可口的饭菜，烧一壶水泡一杯好茶。这是农人一天最惬意的时光，也是日复一日重复而简单的乡村生活中难得的庆幸与美好的滋味。

在长沙南城的老街巷里，你不难看到有些米粉店，会打出“千年白沙水，一碗好米粉”的标语。这，是骄傲，更是难得的温情。往里说，这是送给家人的熨帖；往外说，是展示热情和自豪。

在中国几千年的农耕文化里，井已然成为一种文化的符号。如今，来来往往的人，无论是长沙土著或是外来泊居者，都对白沙古井有着天然的好感，井自然就成了这座城市的会客室。人们常称远行的游子为背井离乡，在这里，“井”成了“故土”，乡愁也自此借“井”生发。

我对白沙古井的情分与故乡有关。见到它就如同见到了家乡的老井，家乡的人和事也因此浮现眼前。走到白沙古井身旁时，心绪会牵动我回到故乡，回到童年，回到那一碗沁甜的糯米酒和那些浸入井水的瓜果上。

如今，我的住处离白沙古井有点远，难得有机会接近它，可它竟如一位老友，常驻我的心头，偶尔走近，定然生出感动。这感动是送给他们的——那些天天来井边取水的人，在我看来，是他们守护了白沙古井，更是他们留住了凡人对群居生活的一份怀旧。我的感慨亦因此生成——陪伴是最好的爱。于人于事于物，都一样。

每一个人都有记住故乡和怀念故乡的方式，我想，我记住故乡的方式就是去白沙古井里舀一瓢水喝，吞咽井水的那刻，故乡也就随着井水在我的血液里流动起来。因此，我总能得到抚慰。城市带给我的浮躁与不安，也总能得到驱散。我想，那些喜欢喝白沙古井水的人，应该和我有着一样的心思吧。

从六堆子到赐闲湖

在泡桐花盛开的时节，我突然迷上了寻访长沙的老街古巷。确切地说，我迷上的是泡桐树。那种树干挺拔、粗枝大叶，花团锦簇、生机勃勃的大树。从前，在我出生的那个山村，哪家生了个女孩，就会在自家屋前种上一棵，等到女儿长大出嫁时，用来做陪嫁的木盆和木桶。可惜的是，在我大学毕业后，村里出现了打工潮，一家家人去楼空，本来到处可见的泡桐树竟然不见了踪影。从此，好多年没有见到泡桐树了。来长沙定居几年后，一次偶然听朋友说起，长沙的那些老街旧巷里还有很多泡桐树，立马勾起了我儿时的回忆，就像突然听到了杳无音信的亲人的消息，顿时热泪盈眶。

起初，我只是在自己的日记里列出了一串名单：一步两搭桥、二里半、三王街、四方坪、伍家岭、六堆子巷、赐闲湖……我并非长沙土著，除了熟悉四方坪与伍家岭，其他的几处还陌生得很。那天，从八一桥止间书店出来，因为在友情上受挫，有些心灰意冷，便自斟自饮，喝了两杯红酒，生出一些醉意，身形飘忽地晃荡到了中山路上。但来到一个小巷的路口时，竟然与一棵泡桐树不期而遇。我上下打量，就像面对一个久别重逢的亲人。

那棵嵌在古巷墙根的泡桐树，它的主干中有约两米，全裹在水泥砖墙里，交织的电线似一张灰色的网，而此时的泡桐树，似不小心跌进网里的一尾鱼。明明网住了，可满眼满树的紫色唇形花朵，伴着树枝自墙角伸出来，又铆足了劲般想攀爬上蓝天。我站在泡桐树下，任风吹落的紫色花瓣落在我的头发上、身上。树对面是一排矮小的店铺，拐角那家店铺前坐着一位上了年纪的老人，老人旁边的门，原本是红漆门，岁月斑驳，它成了灰白与暗红的混搭，并不显得破落，反倒有些岁月沉积的厚度。如同眼前的老人，他的脸被岁月熏染成了混杂的颜色，并非枯老的颜色，反倒是如古树般呈现令人信任的厚重。

门旁边的灰白色的水泥灰浆抹就的墙上，钉着一块铁牌，黑底白字——六堆子巷。

这是我第一次来到六堆子巷，仿佛一个懵懂无知的人来到了历史的深处，来到了万国来朝的盛唐，来到了长河落日的晚清，来到了晨曦初升的民国……走在石板路上，我分明听到了“嗒嗒”的马蹄声，就像诗人郑愁予所说的，那是一个美丽的错误，但同时，就像网络上流行的说法，我感觉到自己在一个正确的地方，遇到了一个对的人。

遇见，其实并非偶然，不是此时，就是彼时。因为这几个字早就刻在我寻访的笔记本上。只是这样不经意的遇见，让我多了一份难得的心思。既然难得，我自然会细心去领会、去品味。即便是一块砖，一块瓦，一层石墙上的青苔，我都有了去细细抚触的冲动。

真静，静到我听见一些声音，从那些刻在麻石路上的凹纹上传出来。那是一百多年前晚清维新派人士的声音，如此沧桑、柔绵，如此清晰、辽阔。熊希龄、谭嗣同、唐才常等，那些耳熟能详的名字，猛地让我停住脚步。一时间眼目大开，我仿佛看到了他们在六堆子孝廉堂里的聚会。一个比一个年轻，一个比一个生猛，一个比一个热血。他们心忧天下，敢为人先，呈现出一派独特的湖湘精神气质，赋予了当今湖南人的宏大气魄。

从巷子小木屋雕花窗口探出头的少年，也许并不知道这些；停留在老宅屋檐下的蝙蝠，兴许也没听到那孝廉堂里的掷地有声；那些挺拔在古巷的泡桐树，将记忆嵌入深凹的木纹里；而睁大眼睛安静地待在树上的白猫，眼眸里深藏警惕。如同此刻的我——一个不胜酒力，且“感时花溅泪”的弱女子，生怕再一次被友情所伤，带着一些忧郁。

我的忧郁随着那飘落下来的泡桐花，多了一些其他的情愫。四月的长沙，正是梅雨季节，昨日的淅淅沥沥，让空气尚存雨的味道。我想象昨日这古巷的情景，恍惚中几把梦幻般的雨伞在泡桐花中飘来飘去，宛若戴望舒《雨巷》中的油纸伞飘进了古巷。

我不是那个撑油纸伞的姑娘。我的忧郁与雨季无关。相关的是一些抓不着却又分明如影相随的东西，仿佛那段再也找不回来的友情，失去了，却又云雾般在你的心间萦绕。

而小巷却如此宁静，拄着拐杖站在门口的老人，我看到了他的目光，分明在细细打量我，因为我像个寻宝者，细抚这里的老墙、雕花木窗，甚至捡拾地上的泡桐花。

头顶的阳光从云层跳跃出来，耀眼的光芒洒在我身上，仿佛要将那忧郁驱散。而我握住泡桐花时，像在喧嚣的时代里坚守住最后的诗意。

顺着六堆子街巷走出去，不知不觉就走到了赐闲湖。

想不到又是一场出其不意的遇见。三国时期的老将黄忠，明朝湖广督学颜鲸，以及从四面八方赶来贡院的清代学子，在入闱之日，主考官率各官在湖旁举行祭池仪式……

说到这，要解释一下"赐闲湖"的来历了。传说三国时期，蜀将关羽攻打吴国长沙，长沙太守韩玄责怪老将黄忠战斗不力，要将黄忠斩首。部将魏延救出黄忠，追刺韩玄于此。"赐闲"与"刺韩"，长沙方言同音，故又名"刺韩湖"。赐闲湖在明代是长沙有名的园林，清朝的长沙贡院便相邻于此。光绪二年，为了扩充贡院号舍，将湖填平，湖便消失了，但古井和石碑尚存。

昔日的六堆子和赐闲湖，是繁华的集市，是才子佳人云集之处。而此刻的六堆子巷、赐闲湖巷，清静幽深。走出赐闲湖，尽头处，两棵并排的泡桐树，紫花缤纷，绿叶簇拥，枝干挺拔，令人想到风华正茂的青年。它们慷慨地将花瓣随风撒落在地面，仿佛要将它们的芬芳浸入泥土——如同为了自己的理想而愿意抛头颅、洒热血的志士，又如久远的关于六堆子、赐闲湖的历史，将它的沧桑与繁华化作凹纹刻在麻石路上。让每个经过此地的人，都有了一种不一样的笃定。而这份笃定是带着芬芳的，因为有泡桐花的浸润。

从六堆子到赐闲湖，在一棵棵枝繁叶茂的泡桐树下穿过，我不由得再次想起家乡那业已失传的风俗：哪家生了个女孩，就会在自家屋前种上一棵，种上亲人们的守候与关爱。是的，我之所以对泡桐树如此着迷，就源于它的花语——永恒的守候，期待你的爱。

从城南书院到南轩书院

一个人站在城南书院旧址前，看它斑驳的外墙、黑色的旧瓦，看院中吹落一地的枯叶。想它从前的盛况，难免会惆怅。可思绪因此得势，它信马由缰，来到这里最初的来处。本是千年前的事，连墙角的砖都没有留下的过去，在此刻热闹起来。这边是丽泽堂、书楼、蒙轩、月榭、卷云亭，集楼台堂榭之胜；那边有绿竹成荫的琮琤谷、“高丘复层观”的南阜、一池如碧的纳湖；纳湖中置听雨舫和采菱舟。这盛况属于南宋，所有一切归属南宋名将张浚任判潭州（今长沙）时的邸府。

南宋绍兴年间，大儒张栻随父张浚定居长沙，时常到长沙城南的妙高峰下游玩采风。这里鸟语花香，景色宜人，又与岳麓山隔河相望，父子俩顿时萌生在此创办一所私立书院的设想，作为“国立”岳麓书院的附属与补充，以便更多地为湖湘培养优秀人才。

此后，凿沼开亭，修建精舍，经过几年的辛勤建造，书院初具规模，有屋宇三十一所，基地园土二十六处，其中有监院、讲堂、书房六斋。绍兴三十一年，一个春暖花开的日子，原本人烟稀少却风光秀美的城南妙高峰下沸腾了，一座依托着岳麓书院而命名为“城南书院”的学府正式挂牌了。以岳麓书院为主体的湖湘学子与社会名流，都赶来祝贺，庆贺长沙又一座书院的诞生。

理学大师张栻创办城南书院的盛举，得到了湖南政要与百姓的一致赞扬。乾道元年，三十多岁的张栻应湖南安抚使刘珙的盛情邀请，前来主持岳麓书院。

张栻，字敬夫，号南轩，执掌岳麓书院多年，与朱熹、吕祖谦并称“东南三贤”，在湖南长沙岳麓书院、宁乡灵峰书院（位于宁乡朱良桥乡小源村，宁乡十景之一）等地留下讲学论道的足迹。

说到讲学，读书人自然会想起朱熹，想他从福建崇安专程来拜访张栻。两位大师也是相见恨晚，朱熹在长沙一住就是三个月。对于湖南学子来说，这真是一寸光阴一寸金的三个月。

九百多年前，从城南书院去岳麓书院，只能渡河，经东岸文津渡口上船，抵西岸道岸渡口。张栻、朱熹在此渡河，所有追随的学子也是。那时盛况虽然久远，但还是可以想象的，当著名的“朱张会讲”在城南书院和岳麓书院开讲时，多少人往返湘江两岸。渡夫自是得意，高声唱着花鼓小调，河面一时金光闪烁，仿佛歌声砸在上面溅起了火花。

而今，湘江两岸不见先前的渡口，可“朱张渡”的由来仍代代相传，自是为了纪念先人，也如一面镜子，提醒我们当今治学与求学需秉持的态度。

曾经，城南书院与岳麓书院齐名，张栻与朱熹曾在此讲学论道。著名学者贺熙龄、何绍基等先后讲学于城南书院。青年时代的曾国藩、黄兴等曾在此藏修或就读。那应是这里最辉煌的时代了。

毋庸置疑，相比岳麓书院，城南书院晚了近二百年，其办学规模与基础设施，远远不如隔岸相望的岳麓书院。珍贵的是，城南书院是主持岳麓书院的儒学宗师张栻亲手创办的，同样秉承“成就人才，以传斯道而济斯民”的办学宗旨，同样沐浴着宋代理学大师的熠熠光辉。

若是可以挽留，我们一定是想留住张栻的。他若不走，城南书院是否能因此与岳麓书院一样保存完整？可张栻离开长沙为官去了。城南书院自此逐渐荒废，一度成为佛寺。庆幸的是，寺内仍保存有张浚所书的“城南书院”一匾。

房子可变老变旧，人也是，可留在房子里的记忆是新鲜的，一代一代的潭州人都想重塑这里的盛况。明正德二年，有人谋求在此重建城南书院，但因各种阻力未能如愿；康熙年间，城南书院有所修缮；雍正年间，被设立为省会书院；乾隆十年，巡抚杨锡绂将其迁于城南门内天心阁下；道光二年，巡抚左辅将其迁回原址；光绪二十九年，巡抚赵尔巽改城南书院为湖南全省师范学堂，次年该学堂（部分）改建为中路师范学堂；1912 年，更名为湖南公立第一师范学校；1914 年，与湖南省第四师范学校合并，易名为湖南省立第一师范学校。

如今，倘若你顺着妙高峰巷往西走到尽头，再左拐上书院路往南走百余米，就能看见一座由黑白灰三种色调组成的院落，这就是湖南第一师范。

第一次见到南轩书院，是在今年的四月，虽然是第一次来，却像早就在心里相识了似的。我来看它、走近它，都有一种天然的亲近。这份亲近自然来自我熟悉的城南书院，来自张栻。

湖湘学派声名日显，南宋大儒张栻功不可没。张栻中年早逝之后，葬于宁乡市巷子口镇官山村罗带山，其父张浚也葬于此处。后人为缅怀两位先人，在山下建立祠堂。1524 年，明嘉靖皇帝下旨将其改建为南轩书院（张栻号南轩）。为弘扬湖湘文化，2017 年始湖南省、宁乡市两级政府将书院进行修复和扩建。

南轩书院以传统书院建筑结构为基本格调，整体为封闭的四合院结构，体现浓郁的书院文化氛围。书院中有祠堂，祠堂陈列张浚、张栻父子塑像，后有享堂，内设有文化陈展室、讲堂、会议厅、藏书阁等。陈展室以张浚、张栻生平为主线，集中展现了南轩大儒思想的产生、发展、成熟及对后世的影响。

眼下是初夏，看南轩书院，背靠青翠罗带山，前拥壮阔青羊湖。黛瓦白墙，我有了歇脚的意愿，那些从心头自然涌出的欢喜变成一抹橙色，让我宁静而温暖。却又不只是这样，无法言说，仿佛突然洗净我心上惹的尘埃。

告别南轩书院时，我与它有约，希望有朝一日能和志同道合的文友在这里品读经典，又或是划开历史的长河，徜徉其中。

从城南书院出发，前往南轩书院，车程不过两小时，而时光如丝，穿梭出千年的光影。如今，长沙有了许多可以读书、讲学的地方，可我们还是喜欢走进妙高峰、罗带山。

站在妙高峰最高处，能看见岳麓山。岳麓书院的兴盛让人感觉出南轩书院的空寂。可转念一想，它的前世今生不都是读书人的精神圣地吗？

无论如何，我们都记得，南轩书院是宁乡罗带山下的一座千年书院。如今，人们谈及罗带山，必定谈及南轩书院。亦如人们说起长沙妙高峰，就不能不提及城南书院一样。

妙高峰里享清欢

明崇祯《长沙府志》云：“妙高峰高耸云表，江流环带，诸山屏列，此城南第一奇观。”可对于今天的长沙人来说，妙高峰名气实在是太小了。街不宽，山不高，旧楼过于平凡，小吃又比不过东瓜山的。可若是逆推时间回到南宋，妙高峰也是响当当的人文胜地。

走进妙高峰老巷，看阳光洒在麻石路上，仿佛能听见碎金落地发出的脆响。沿着老巷一直往东走约百米，就到了丽泽堂。

丽泽堂属于“城南十景”之一，道光皇帝曾为城南书院题书“丽泽风长”。“丽泽”意为两泽相连，其水交流，犹如君子通过讲会交流知识、学说。

如今的丽泽堂多是平民百姓居住。内有眼水井，井边的高墙上种有瑞香。瑞香又名千里香，它浸润这里，营造出独特的清幽。站在井边洗衣的年轻女子沐着春阳，打着赤脚，一种相似的体验——我想到家乡的那口井，年少的我赤脚站在井边水渠里洗衣，棒槌捶打衣服时磕在石板上发出“嗒嗒”的脆响。这声音，虽然我时常能听见，可每次都令我振奋，仿佛号角吹响，让我去感知另一个世界，一个可以憧憬与期待的新鲜世界。

沿着街巷往上走到顶，看枯藤爬在灰色的石墙上，交织出岁月的沧桑。我一时感慨，这里可是潭州古城的最高峰啊。据史料记载，其顶有平地，方可二丈，青草平铺，宛如绿褥，夏间近晚之际，坐憩其地，清风徐来，胸襟顿爽。

遐想之间，不觉走进一条清幽小巷，巷子两边是民居，有老人坐在自家门前听书。他微闭双眼，阳光照在身上，一种深巷人家才能拥有的清幽与惬意在此刻生成。从老人面前经过时，他看我一眼，微笑着，我们并不搭讪，却似老友般深深意会，这深巷，这阳光，这清幽，这读书声营造出来的人间难得。我看向老人背后的门联：“诤言富贵寿康，推算吉凶福祸。”横批：“指点迷津。”老人并不开口说话，我走近他，经过这儿，坐在不远处默默陪伴，却获得一种顿悟般的通透。

有幼童从我来的方向蹒跚下坡。年轻的母亲站在孩子前方连连说：“不要怕，有妈妈在。”孩子试图去拉女人的手。可女人一边说“你来啊，妈妈就在这里”一边离孩子更远了些。她用充满爱意的眼神鼓励孩子，仿佛在等待一个巨大的喜悦。她为什么选择在这里让孩子独自学习下坡？一条安静的巷子，一位听书的老人，一缕金色的阳光，两道麦秸色的老墙。我看着眼前这一切，如同欣赏一幅浓淡相宜的水墨画。

我坐在巷子的出口处，俨然这里的主人。左手边有背着相机的男人走来，我对他招手："快来，这里有你想要的场景和模特。"我并不认识他，这样打招呼也显得突兀。可我极自然地这样做了。果然，我做了正确的引导，他和我一样，一眼就看出此刻这里的难得。他对我说，这巷子他来过几次，见多了它的清幽，可这人、这阳光，都恰恰合意，倒是难觅。

他的话让人回味，犹记得《红楼梦》中第九十八回这样写道："且黛玉已归太虚幻境，汝若有心寻访，潜心修养，自然有时相见。"

老人并不因我们的到来而受到干扰，他的安详，让人感觉出如海的平静。无论历经多少世事，如今皆为过往。我和摄影师站在巷口，像是意外相逢的老友，我们聊妙高峰的前世今生，聊长沙老巷的烟火人生，也聊文庙坪的变化。

"有烟，看见没有？"摄影师对我说时，正连续按下快门，"咔咔"声在巷子里成为一种有节奏的音符。老人坐在那儿，灰白色的烟升腾在他身上，阳光映照这一切，焕发出仙境般的神韵。摄影师把相机递到我面前。看着定格在镜头里的老人和烟雾，我不由感慨："我坐在这里有半小时了。老人、巷子、老房在光影下呈现出独特的生命力，如同一幅画，深深把我给吸引住了。"

"如此说来，你对光线所表达出来的诗情画意是有感觉的，你能看到它们。”他停顿了一下，又说，“并不是所有经过这儿的人都能感觉得到的。”

“你为什么要来这里？”他突然这样问我。

“我想写些关于巷井生活的文章。”

“那你呢？”我问他。想必他也是寻访市井之人，兴许能从摄影师的视角给我不一样的启示。

“出来之前，我知道自己能拍东西，但我并不知道能拍到这样的人、这样的场景。下一秒能拍到谁、拍到什么，我永远也不知道，充满了未知。”摄影师看向我说，“你别看这只是一条简朴的老巷，可是你看着它，感知它的生命，思绪一定会飞得更远。甚至能让你想到意大利的胡同。”

我去过意大利，自然知晓他说出的美妙与意境。我仿佛回到那年，我走进意大利的五渔村，看着那群少年，他们站在海边那块耸立的岩礁上往下跳，他们的无畏、欢快和青春让人记忆犹新。我想到了自己的少年和少年时光里让人回味的美好。青春之所以让人难忘，我想更多的不是因为吃了多少美食，穿了多贵的新衣，而是那些光阴里的欢笑与美妙。如同此刻，步入这条老巷后，我深深感觉出生命状态里的沉静与积淀之美。

“人间有味是清欢”出自苏轼的《浣溪沙》，说的是人世间真正的好滋味是淡雅的欢愉。而我自然是喜欢这般清欢的，就像此刻我静坐妙高峰巷井深处，看它呈现出这段光阴里的和谐之美，沉醉于此，久久不愿离去。

都正街光阴

从天心阁出来，沿着一面青苔缠身的老墙往前走，桂花在头上撩拨我，从老墙砖缝里钻出的青蕨也在撩拨我，风吹动枳树，小狗从巷子里摇头摆尾向我扑来。

到了。“火药局”三个字立在七八米高的青砖牌坊上。沿着火药街巷往里走，不时有老人拖着买菜的小车从牌楼下穿过。爬坡，拐弯，顺着野苎麻爬满墙的深巷，老房子里的人，站在门口或出现在窗前，他们看着我，浅浅一笑，那般会意，他们懂得来者的心，并不惊奇，也不骄傲，只是平常日子罢了。这儿的焰火，这儿的生息，是他们养出来的。他们住在这儿，守住这儿，不只是眼下他们的生活，更多的是守住一座城市的魂，守住一些人的光阴和光阴里的故事。

老房子一栋紧挨一栋，像松散的折扇那样铺展在巷子两侧，门是完全敞开的。抬头顺着老房向上看，看过窗，看过屋檐，看过木栏，看过瓦，再往上便是遮住光阴的泡桐。它们的坚守和这古巷一样，抵在房子上的枝干有些变了形，有些截了肢，可它们无畏，根往深处扎，与老街巷的魂魄缠绕在一起，成了彼此的照应与依靠，成了光阴的守护者。

是的，这里就是都正街。最初走进都正街，是因为朋友告诉我，他作词的歌曲，首发式定在都正街大剧场。我怀着一丝懵懂走进都正街，一来了，我就喜欢上了它，不是不可留的短暂的欢喜，是钻心的无法忘记的喜爱。

说起古街，你不由自主地会想到太平街、坡子街、化龙池……起初，你定以为都正街和它们是同类。随着你出入都正街的次数多了，看得见，听得到，可想可念的那些留在巷子里的光影多了，你会品出些属于它的不一样的意蕴来。这些意蕴似乎是从大理古城、丽江古镇、凤凰老街走出来。让人轻易就能嗅出都正街的气质——舒适、轻松、随意、慵懒，甚至牵绊出一些让人意会而难以言传的情绪。

可都正街只是都正街，它身处繁华都市——南靠天心阁，北接马王街，西往织机街，东邻凤凰台巷。这所有的标识都在指明，这块地，这条街，有多重要，有多珍贵。可它像是包裹在心的莲蓬，独具一方，自成天地，不喧哗，不繁杂。遇见它或走近它，无论你想或不想，不由得会让你生出些怜爱又心藏窃喜。甚至想偷偷藏在心中，怕太多的人来了，惊动了这里的静谧，怕太多的人来了，让它成了另一种复制的喧哗与假想的道具。

都正街的古韵是无法复制的。它从一百年前走来，它身上每一处褶皱都含着一个世纪的焰火，每一条凹纹都藏着百年老长沙的风华流年。

而它的淡定，也并非不得意而隐居于此的落魄。这里曾是长沙最重要的军事区域，曾经有善化县衙门、驻军的都司衙门；这里有被封为“定湘王庙”的善化县城隍庙，有纪念“厨神”的詹王宫，有曾经的文化地标城南书院和文昌阁，有崇拜北斗星母亲的斗姥阁。它也曾是这座城市蓬勃跳跃的心脏。

都正街也有热闹非凡的时候，那是一年一见的庙会。你可以不当回事，可老长沙人会把这当成正儿八经的大事。舞龙舞狮、特色小吃，面人窗花……穿梭其间的是现代人，可分明有些过去的光影，留住的与留不住的，都在这儿相聚融合。

心烦的时候，我喜欢去都正街走走，麻石小径、青砖老宅、雕花窗门，黄包车、长沙弹词、老三样，所有这些，让人仿佛瞬间跌入一场憧憬已久的梦境。老巷交错，有时不能直行，有时不能再右拐，走错了不要紧，折回来，换条路你必然能寻到些光影。猫在叫，狗在吠，电视机在播放，炒菜的香味从墙里钻出来。而老槐树下，那张摇摆的竹椅，让人生出些惬意来。星夜下，这张摇椅上，一把蒲扇，一轮月，一点星光，一杯茶，便是美好。

来了知己，我也喜欢带他们去都正街走走。仿佛去哪里，都有些犹豫，而去那里，是肯定的。兴许我也想将自己的光阴藏在这百年老巷的木纹里，成为他年的念想。

白果园遐思

白果园是长沙一座历史凭吊故址，因门口多栽白果树而得名，现坐落在芙蓉区人民西路黄兴路步行街中央广场东边约一百五十米处，是长沙市著名的历史古街巷。

从登隆街进白果园，7 天酒店就在街口，位置得天独厚，北临解放路，东靠步行街，往西走近百米就到了湘江边。

沿登隆街往前，所见尽是美食，都是长沙老街巷里的老味道。街上有家餐馆，看着很小，装修也一般，可走进去，桌椅明净，碗碟清爽。地方小，桌椅自然也就摆放不多，一到饭点就坐满了人，去得晚的客人有时候需要等上很久。听人说，在他家吃饭，感觉就像回到小时候等爸爸妈妈做饭一样，等多久都有耐心。三言两语，说辞简单，却唤醒我本源的亲近。思绪自然回到童年，那时候四家人合住一个老祖宗传下来的院子，我们孩童在院子外面的小坪玩跑石子，轻易就能闻出你家菜他家饭的香。去过长沙海信广场“文和友”的朋友，一定对那里的老长沙巷井生活留有深刻的印象。由建筑旧物件、老家具打造出来的“文和友”，俨然一座长沙20世纪七八十年代的老城。这座弥漫着老长沙烟火市井气息的老城，轻易就呼唤出人们心底的共情——怀旧。

街巷两旁有些开放式小院，我随性步入，清幽小院，干净明朗，古樟树挺立其中，顿生神韵。一楼向东的窗户下摆了盆栽，有兰草、绿萝、凌霄花、三角梅。能听见孩童在读：“贤哉，回也！一箪食，一瓢饮，在陋巷，人不堪其忧，回也不改其乐。”我站在古樟树下，看阳光透过树叶将光斑交织在地上，心里生出欣喜，似乎这院里住着颜回。

走进苏家巷，沿着麻石路往前，巷子深处有绿植蔓延的红砖房，还有那些自墙角伸出来，又铆足了劲向上长的泡桐。这条巷子里的长沙剧院，戏楼已不复存在。只余一方后来修建的戏台。与它相隔不远的贺长龄故居也只余门楼了，门楼是石头砌成的，面积不过四平方米。刻在门楼上的石雕组图栩栩如生，让人过目难忘，有八仙过海、仙女过桥，还有门神和传统寿星。石雕泛着幽青的光，如同一面镜子，照出市井百姓的敬畏和祈愿。我静立于戏台和门楼前，四周并无行人，却仿佛听到万千声音，看到万千行人，有来来往往的看戏人、扮相韵味醇浓的唱戏人、求学讨教的门生。我似乎还听见了感叹声，谁在诉说这里曾经承载的风雨和见证过的繁盛呢？我追着声音，目光落在长沙剧院戏楼两侧的对联上：“不典不经格外文章圈外句，半真半假水中明月镜中天”，这是声音的来处，一种源自灵魂深处的兴奋让我顿悟，对联诠释的不正是白果园的博大精深和无限内涵吗?

在东白果园巷遇见31号公馆，我的脚步移不动了。它近于闹市，却独得幽静，光这一点就深获我心。公馆是清末民初时期的设计。主门入院即是水池，麻石板搭桥，圆形门洞。袖珍椰树、慈竹、棕榆、长叶肾蕨衬于小院。酸橙、蓝竹、裂瓣球兰、滴水观音围绕水池而立。听流水从近墙的石槽里淙淙流出，以为来到山涧。佛肚竹沿着灰青色的院墙往上，似与日光相接。它铆足劲往上长的样子，让人感觉出一个青年的热情与冲劲，甚至觉得老宅的阳光也是它接进来的。老宅现在成了私房菜馆，有三五食客从内院走出，其中一男子说，这宅子若是放在北京老贵了。交谈间满是艳羡。我一时生出骄傲，庆幸老宅从跌宕起伏的社会变迁中保存下来。

白果园本是民国时期长沙的“富人区”，也是新中国成立前夕湖南省国民政府主席程潜的私宅所在处。如今程潜公馆分为了两部分，前面是“湖南和平解放史事陈列馆”，后面院子改造成“幸福里”湘菜馆。紧挨着“幸福里”的31号公馆和“锦源”，也都是湘菜馆。站在东白果园巷街口，看向这三处老宅，心里不由得生出幻象，老宅变成了人，他们身怀绝技，却并不自视清高，如同雅士之隐于街巷，却习于为凡人所视所喜。眼下，他们老了，论风华，确实不如从前。可如今的他们，以不屑与人相争的厚道和独特的笃定立于此。

家乡万新老叔住在登隆街街口，几年前我们来看望他时，那街又破又烂，天上电线横亘如网，给人不见天日的压迫感。几天前，先生主动说周末陪我逛街，我起初不信。他说白果园街区经过一年多的有机更新，去年已经正式对外开放了。真没想到，这里大变样了，旧楼新装，新旧对接，连理出守护与爱惜，真诚与严谨，传承与开拓。

听万新老叔讲，以前的白果园有一棵很大的泡桐树，因为树龄太高，树干中空，形成了一个树洞，可以容纳身形小的孩子两个。每年夏天，附近的小孩经常来树洞里玩游戏，后来因为街区改建，那棵树被砍掉了，不过白果园里依然有泡桐树，不知道会不会和之前的泡桐树有渊源。

"好久没来过了。真不知变化有这么大。"感叹是从这里走出去的老人发出的。我不是这里的原住民，不曾见证白果园从前的风华，亦不知它经历过怎样的磨砺。而眼前所见，满是世情交织，寿服店、采耳店、当铺、足浴店、鞋店、生活小超市、快递哥……这是老巷的日常，亦是它流动的血脉。我想从前雨水充沛的季节，白果园麻石砌成的公沟里的水流声一定清脆响亮。我敬这里的一切，也自然生出欢喜，每来一次，都生出回到故里的亲切与感动，也怀揣拜谒贤士的虔诚。

樟树花

你知道樟树也会开花吗?

我是真的不知道，或者是从来没有想过这个问题。

直到那天，我不经意间地抬头，街边随处可见的樟树，在绿叶丛中，有一些细碎的花朵闪烁枝间，像是跳跃的星火，像是调皮的孩子伸出的舌尖，又像是羞涩的姑娘轻浅的微笑。那一刻，我怔住了，仿佛突然发现某个鲜为人知的秘密。我知道，只是我的无知造成此刻的惊叹。可惊喜油然而生。这刻的发现与相遇，同样是美好的缘分。如同在雨巷与某个美丽女子的不期而遇，又像是午夜突闻的那阵清脆的笛声。

在长沙，樟树是值得骄傲的，它是我们长沙市的市树。无论你走到哪里，尽管放心好了，樟树一定是那个默默陪伴你、守护你的人。冬天，它给城市的萧瑟添以鲜活；夏日绿冠如伞，给无处安身的你一份清凉。我记得它的绿，从冬到春，从春到冬，也知道它会在春天落叶，唯独没有想过它也会在春天开花。

突然的大雨，打落的杜鹃花铺成一地。我暗自欢喜，并在心里惊叹：樟树的花是不会轻易被打落的。它那么细小，像羞涩的小姑娘露出的浅笑，掩映在如冠的樟叶中，像是被父亲宠爱有加的女儿。因为爱而难舍难分，是的，花几乎与叶子同色，只是略显娇嫩而呈现浅绿，像是春芽冒尖。

或许正是因为不像别的花那样，雨打花落满地那么醒目，樟树花的安静，静到了连泥土都怜惜的地步，即便是落下的些许的小花瓣，也很快就与泥土混为了一体，像是刻意要掩藏什么。

樟树花这么细小，六片白色的花瓣却依然是清晰可见，与金黄的花蕊衬托出一个微观的世界。

它的盛开也是你难以察觉的。其实盛开与不盛开并无多大区别。如果说花朵是一粒米大小，那花苞就是半粒米大小。这般精致。

没有华丽的花堆成云，或只是细细碎碎地与叶相衬，形成一个并无多大区别的花叶相融的世界。这么卑微，是想留住精华赋予樟树一年的滋养吗？

樟树是幸福的，它的幸福是因为没有樟树花来与它争宠，花退缩到一个极为微观的世界，只是为了成全樟树的苍翠，一年四季，无论春夏秋冬，它不退缩、不张扬，以始终如一的美态与忠诚陪伴我们长沙。这，不正像我们长沙人吗？

栾 树

我站在小区高树下，任由鹅黄色的细碎花瓣飘洒在我身上。起初我以为是桂花。不对。我鼻子嗅了嗅。桂花才不会如此矜持。它会在几米远处，用它独有的香味向我招摇：“属于我的季节来了。”

地上这一层平铺的“金黄”究竟是什么花呢？我顺着花粒飘落的来处抬头探寻。竟然是从栾树上飘下来的。

栾树花盛时期在六月，一直可以延续开至八月。种子成熟在九月，成熟时种子呈黄色。今年长沙的天气独特，暑气漫延至九月久久不愿散去。栾树和花之间也因此拥有了漫长的告别。可季节到底来了，地上那些淡黄的花蕊应该是栾树今年最后的花事了。你追我赶，眼下跃上栾树枝头的是红绿相间的圆形蒴果，如同一串串小贝壳。风起时，树叶带动果实发出沙沙声，有如大海中浪潮之声。

还是回到六月吧。那时的栾树花，像一群突然兴起的舞者，尽情飘洒，一层又一层，密密匝匝，将地面铺展成金黄的 T 台。“我来了。我来了。”你若经过栾树，它必定对你这般呼喊过。我是听见过这种呼声的。要不，我怎会突然驻足？甚至还在心里回应：我懂得的。你只要稍稍抬眼，就能确信，我绝不是它唯一的仰慕者。那些徜徉在树下的人，不论是看花儿纷纷飘落的样子，还是看它们铺在地上密匝如锦，都将欢喜写在脸上。

是怎么记住栾树的？是因为那些攀在枝头的羽翼状的绿莹莹、红灿灿的果实吗？我蹲在树下，看三三两两的“蝴蝶”飘摇着落在砾石上，看它们对称的脉络。这是我第一次如此认真观察栾树，或者说是我第一次用栾树这个名字和它对视或交谈。

如果有人要我送给秋日里的栾树一个词，我只会用“热烈奔放”。

你若是飞鸟，自然会见证我说的这四个字。秋阳下，无论你何时见到栾树，都会被它的神采吸引。风和空气一定会和你站在一起成为最有力的佐证。而大地永远是栾树的 T 台，任由它在上面风华流转。这风华和落叶有关，果实也在其列。至于声音，它是栾树为自己鸣奏的舞曲。起风时，你只要站在栾树下，便觉得自己进入了一个神奇而美妙的世界。那起起落落的形如蝴蝶的果实，精灵般悬在你眼前跳舞。只为你跳舞。感受到这一点，也许很难，也许就在那一刹那，一种无以名状的感动钻进了你的心里，成为你躯体的一部分，从此不再分离。这是栾树给我的力量。

秋雨来了，栾树愈发欣喜，仿佛这雨是为它和大地搭筑的通道。它将自己的一部分运送上这条通道。得其幸运的是栾树的果实，它们躺在大地上，光浸染它们，愈发通透。这是我喜欢栾树的原因。活得这般通透，实在难得。我们常在心中如此评判某人。栾树果实的另一种神采是鲜活，让你以为摆在那儿的是一块块的玉，总想抚摸，又想捡拾回家摆在柜上或装在盘里。怎么样都觉得不妥，怎么样都是打搅。它属于这里。只有在这方土地上它才安宁与自然，也才带给人喜悦与感动。那些在栾树下跑步的人，他们经过时悄然放慢的脚步，一定与我一样，因得了这一地的小可爱陪伴而多了无穷的意味。

而冬天，栾树和春日一样沉寂。如同蛰伏。别以为这样人们就忘记了它。你稍一回忆，就能记得它的苍翠、葱茏。也因此，让你不得不承认，它的四季，总是有自己的生长姿态。沉静时，犹如午夜，只是积蓄生长的力量。而它的热烈与奔放，并不聒噪，如同岩缝里透出的那缕光，看上一眼，就能俘虏人心。我在这小区居住了十五年，眼前的栾树也是。我早已把它们当成了老友。我们各自生长，各自春秋，相遇时并不牵绊，只是默视和陪伴。即便交流，也是你有你的姿态，我有我的骄颜。

风自南吹来，栾树深垂的枝蔓向我点头，而那些从高处撒下的叶片，如同雨滴，又似泪珠，落在我头上，如此亲密，甚是美好！

栾树又名灯笼树，远远看去，绛红的果实如同一盏盏小橘灯。我想它一定照亮了许多人的心灵，也包括我。

麦苗堆绿菜花黄

三月里，你或许期待去罗平看油菜花，甚至正准备踏往婺源的油菜地。而我，只想沿着芙蓉路走到长沙的最南端，那里的油菜花已经灿烂如锦。

去暮云许兴村看油菜花，更像是一次回乡之旅。那里有少年故事，有农耕文化，有对家乡土地的深情回望。而油菜花灿烂的样子，令人喜悦，它关乎春青、热情，和给予他人的真诚。青春或许不再，可对青春的记忆是永不褪色的。不信，你听油菜花地里的大妈们聊天，她们说出的全是当姑娘时候的事。这应是美的感染力。这力量钻心、勾魂，由不得你不去回忆。甚至连一向拘谨、严苛的男人，也会在油菜花地里露出笑容。那笑，恍若少年怀揣的甜蜜。

如果要为这份甜蜜找到源头，我请你读唐代诗人温庭筠的诗：“沃田桑景晚，平野菜花春。更想严家濑，微风荡白蘋。”诗人成了画家，字字都是线条，轻松勾勒出春日农家的生机与绚烂。

孩子走进油菜花地，这里自然成为他们的乐土。然而，对于久居城市、常受喧嚣之苦的长者，或许是一场出其不意的遇见。那些存在记忆里的美好，本是锁进心底，不轻易触碰，也难以吐露的心声。在这里，在面对这一望无际的油菜花时，人变得柔软、赤诚。美好像是突然得势，汹涌着从身体里钻了出来。是啊，肥沃的田垄上，晚霞映衬下的原野，泥味芬芳，景色宜人。金黄色的油菜花，它蔓延向西南与村庄、山野、湘水相接，与天地相连。而天边淡紫色的霞光让所有一切变得神秘，令人宛若进了仙境。这是大自然平常的四季一景，却也是难得的人间相遇。

站在许兴村广袤无垠的田野上，如同站在宽绰的舞台上，层层叠叠的油菜花随风轻舞，它们和穿梭其中的蜜蜂，还有来来往往的游人一起，成为舞台的角儿。听许兴村的老人说，过去，村里的仙姑岭上有座仙姑庵，仙姑庵里住着一位仙姑。每年的六月初六是仙姑的生日，一到这天，仙姑岭上就会迎来它一年中最热闹的演出，上千人看，甚至方圆十里的人都赶来这里凑热闹。场面自然是很大，艺术气氛很浓。唱花鼓戏、演皮影戏、耍杂技的人都来这里，在六月的大太阳下，台上台下一气呵成，从没有给人留下歇脚和稀落的记录。晚上，十余盏高挂的红烛灯笼照亮半边天，上千人徜徉在情感的海洋，在沸腾欢呼。

壮阔，自然是许兴村的油菜花盛开时的气势。看眼前大片大片嫩黄的、鹅黄的花朵，就像看向碧海蓝天。你或许说油菜花美得有些“低廉”，因为在《群芳谱》《花镜》等一类花卉古籍中看不见它的踪影，唯有《本草纲目》上对它有所介绍。可它如同一阵风，经由“青铜之路”传入中国西北，再从西北盛开到江南。所有沿途的乡村都留下了它的浓墨重彩。我想，这就是油菜花，肆意而壮阔，将美丽渲染得遍地都是！

油菜花从来都是千军万马，一齐奔放，也因此，它刹那芳华的气势成为人们心头的牵挂。而我对油菜花的记忆也关乎生计的艰辛。少年的我要独自承担起家里两头猪的草料准备任务。三月的油菜地是猪草盛长的富矿，可密匝匝的油菜花，哪经得起我和同伴这样的莽撞。我们穿梭其中，会打落花粉，降低产油量，这是少年的我们不曾想到的。我们只顾陶醉于眼下的满足，完全忘记了先前的惧意。有时也会被油菜地主人逮个正着，任他怎么呵斥，我们总是低头不语。幸运的是，主人从不毁坏我们的草筐，也从来没有把筐里的草留下。也因此，我们回家时总会一路高歌，可挂在我们头上的油菜花瓣会暴露我们的行踪。有大人戳着我们的头笑骂：“你们这群鬼崽子，又钻油菜花地了，小心有人打烂你们的屁股。”我们总是吐吐舌头，吓得一脸惊慌。可第二天，我们的身影又会出现在油菜花地里。

去油菜花地里扯猪草，是岁月里的艰辛，可回忆的心情却是甜蜜的，对油菜花的记忆也因此格外深刻些。

我是第一次来暮云许兴村看油菜花。可我的幸运却是让人羡慕的，我看见了年轻的男子骑着高头大马从油菜花田间飞跃而过的英姿。听那“嗒嗒”的马蹄声，我仿若一个懵懂无知的人回到了家乡故里，看到少年的我行走在田间，那份轻盈、纯净如同眼下这无边的油菜花，呈现出赤诚的欢乐，一切只是给予，从无索要的困苦。我顿悟：为什么我喜欢去油菜花中行走，原来那里藏着一个少年的自己。想到余光中的《乡愁》，我不由在心里默念：乡愁是一条长流不止的河，乡愁是一张窄窄的火车票，乡愁是一眼望不到边的油菜花……

白日淹没在人嚷车喧里，此刻却将它的欢乐——独处的欢乐——呈现在我的脚下，如同那黑夜星空般纯粹。

在城市，耳边时常充斥声响，我却常有内心“孤寂”的恐慌。而此时的我是充盈的，在远离喧嚣的世界里听到各种声响，却又安然于处处声响里的静谧。

没有被污染过的声音，是最本真的声音，是赤子的声音。

我看见了，山的每道缝隙里，水以一种独特的方式存在和前行。它经受孤独，抵挡沿途的喧哗与牵绊，只为汇成湘江的气势。

湘江源隐形的力量非目光所能领悟，它所有的沉默与安然，都倾注为一种向前的力量。

千百年来，紫鹊界人在海拔千米的山峰上，一锄一耙地开垦出坡度最陡、海拔最高，并拥有最原始、最天然的灌溉系统的梯田。

辑三　到山中去，觅安静的力量

没有一丝焦虑，安静地行走于山川，如此安好。

静而不寂

不喜欢寂，觉得孤独冷清，还裹挟着令人窒息的恐慌。像儿时赶集时慌乱中脱离了母亲的手，披着满身的恐惧与对陌生世界的茫然，如一条终究无法挣脱的入网之鱼，无力地挣扎在密集的人群里。伸出的手悬在空中，试图抓住那只布满厚茧却依旧温暖的手，我已经发出了近乎绝望的哭号，一只手——刚触碰便知那是母亲的手——适时出现，拯救了我。

行走在王村（芙蓉镇）纵横交错的青石小巷，两旁高矮不一的老式木房，泛出独有韵味的赭黑。整齐摆放的各式手工艺品，没有一丝焦虑，就这样安静地待在属于它们的领地；没有吆喝声，那般冷清，似有“养在深闺无人识”的孤寂。

可就在那不经意的一瞥中，沿河而筑的青石台阶上，一赤脚男子轻挽裤腿，提着从河边打来的水拾级而上，与他擦肩而过的七旬老人，迈着微漾的步子，哼着水调，轻松而下。石级上面是小巷，小巷深处，一幢年代久远的二层木楼上，一身蓝布衣裳的老奶奶站在木栏上擦拭雕花木窗上的灰尘，满头银丝在日光下发出珍珠般的光泽，一支古朴的银簪将它们一丝不苟地绾在脑后。

小街既静又幽，老人像抚触相伴她经风历雨的亲人，眼里那缕被岁月侵蚀却依然清澈的神色，让我心底一暖。行走日晒的疲倦，便消融在她若远若近似有似无的凝视中。

古镇的瀑布就像一个昔日顽童，扬起碎玉般的水珠抚触我的脸颊，伴着丝丝凉意，时光带我穿越到 20 世纪 70 年代。我看见一个女人，一个每天清早起来，默默地打扫芙蓉镇青石板街的女人。她不光是在扫街，还是在辨认，辨认着青石板上的脚印，她男人的脚印……此刻，路上没有一个行人，四处异常安静，可她的内心却不时响起一阵奔跑声，那是她心爱的男人回家的脚步声。是的，胡玉音的故事已经刻入人们的心中，如同刻在小巷青石板路上凹陷的车辙。

行走在王村，我经过了土司王行宫、分茅岭铜柱、风雨桥；看见了挂满南瓜的悬梁、沿崖而建的吊脚楼、背背篓的妇人、位处行宫一侧似银带悬帘的瀑布，轻烟缥缈、渔舟荡漾的酉水河；听到了风雨桥上老人苍老的击鼓唱曲声、女孩们山泉般的歌声和娇羞的笑声、已经久远依然回荡的木匠们雕窗凿木的声响、瀑布着地时发出的奔腾声，以及马蹄叩响青石的“得得”声。

“岩中响自答，溪里言弥静。”我听到了许多不曾听到的声音，类似于昨夜行走在天门山下、澧水河畔。白日淹没在人嚷车喧里，此刻却将它的欢乐——独处的欢乐——呈现在我的脚下，如同那黑夜星空般纯粹。

夜真的深了，抬头便可以看见天门山上闪耀的星火，好似狐仙在守候她的刘海哥。脚边有蛐蛐的夜鸣声，青蛙的唱曲从禾田深处传来，还有一些不知名的动物发出的细碎声响，而我听到了自己心跳的声音。

在城市，耳边时常充斥声响，我却常有内心“孤寂”的恐慌。而此时的我是充盈的，在远离喧嚣的世界里听到各种声响，却又安然于处处声响里的静谧。

行于此，行于王村，我有着同样的感受。

是的，城市的喧嚣如同一层浮在人心的尘埃，洗却便好了，而这里正是我能找到的最好的属于我的浣洗之处。

山歌水调中的神性

敬畏大自然就是神性，而敬畏之心来自生活中的许多细微处。天上云，流动不止，永在变化；水中影，似实而虚，虽静而动；晚间景，随光浮移；山中涧，清澈欢快……

山歌是即兴演唱。在湘西，打猎有歌、采茶有歌、出嫁有歌，还有拦门歌、敬酒歌、祭祀跳神歌、白事丧葬歌，起屋唱上梁歌，下河唱打渔歌，喜事唱斟酒歌。各寨子里的人“无人不歌、无事不歌、无处不歌”。“饥者歌其食、劳者歌其事、苦者歌其心、爱者歌其情。”

红石林的岩石是不会唱歌的，可嵌在岩石上的鱼化石引领人们探求过去，让一颗颗流浪的心畅游在大自然的神性里。山里的汉子幺妹儿热情好客，主动约我们对歌，他们信手拈来即为诗，开口浅唱就是歌。幸好随行一行能歌善舞者诸多，说唱就唱。山歌惊魂，可惜狐仙都去了天门山，否则对歌的青年才俊只怕挪不开步子前行了。

惊飞的山雀盘旋在头顶发出惊喜的“叽叽”声。

一位年过七旬的长者走到队伍中央，舒展开被风吹皱的面容，骄傲地说："只要你们愿意，我可以一口气唱上大半天。"大家的眼神有些质疑，而我相信生在大山长在大山的他拥有这份积淀——或是来自交叠飞舞的蝴蝶，或是鸟鸣、犬吠，甚至追逐的牛羊、风吹响的树叶、盛开的野花，砍柴声、流水声……一切都是山歌的源头，一切又都是山歌的载体。

没有被污染过的声音，是最本真的声音，是赤子的声音。回到这种状况与本来就是这种状况是不同的。只有生活在这儿的人才具有这样的本真，这样的灵性。

我的同学，来自土家族的诗人鲁絮曾经写过一首名为《魂牵梦绕吊脚楼》的山歌："阿哥捧米酒，让我醉在吊脚楼……米酒那个竹筒装，土家风情藏里头哎。米酒任我喝，阿哥的笑容好憨厚哎……"

他说他们日常的生活就是这样：喊了就来神了，唱了就有劲了。苦着累着的日子，就在这歌声中，有滋有味了。

澧水船工号子不是山歌，但与湘西山歌一样是在生活中即兴编唱的，音调多带有山歌风味。河流是人类最初的定居之地，从残酷的狩猎生活一直到农耕生活，一直陪伴人们，是人类重要的记忆。澧水古为湘西北主要交通干线。早在上古时期，苗族先民的首领欢兜流放崇山，就是绕过大山森林以避恶兽毒蛇之侵，从澧水而上的。此后历代王朝征剿武陵的农民起义，有一百万人以上的军队均赖此河道推进，那乌溜溜牛角吹响的军号仍在历史的风云里激荡。

澧水流域和沅江流域将它的风情融进了湘西人的灵魂。人们常常在古镇的青石板上或吊脚楼下，看澧水河和沅江中千帆经过，船工号子也因此扑面而来。在昔日那些著名的码头上，船舶近千，桅杆林立，人流如织。装上货物的船只，逆流而上，纤夫们拉着纤绳，唱着号子，一步一铿锵，血色的歌声在群山之巅徘徊。那些风餐露宿的纤夫，就像一个哲人所说的，知道自己为什么而活，就可以忍受任何一种生活。

而如今，船工号子不再，牛角军号不再，澧水河和沅江中除了偶尔经过一艘游船外，不再有昔日的百舸千帆、商旅与战乱。只见两岸的森林葱郁、静默，一切归于自然的和谐。几声鸟鸣，几句人语，几缕风声，以及金丝猴在树梢轻捷跳跃的身影，皆融进了水天一色的透明与悠闲游人的遐思。

时间有着永恒的对称性，从远古至今，日日如斯。在我的感觉中，今天和两千多年前的某一天是同一天，没有本质上的区别。

那天，屈原乘船至天门山下，对突然横在澧水之南的万丈绝壁上的那一孔“天门”，激动得狂呼大叫：“广开兮天门，纷吾乘兮玄云。令飘风兮先驱，使涷雨兮洒尘。”用如今的话说是：天门大打开哟！乘着乌云出来！叫狂风在前面开道，叫暴雨为我打扫！

敬畏大自然就是神性，山歌源于大自然，神性就融在歌声里。

走一段路，得一处景，听一首歌，不需要雕琢，亦无须修饰，魂在哪儿，神性便在哪儿。

美是有浸润性的，能使人焕发神性。

鞋垫上绣相思

我是喜欢素色的，对这些大红大绿的鞋垫，有些不屑，更别说一见倾心。

直到我走进古村，看见三两凭栏坐在吊脚楼上的土家族女人，一边绣鞋垫一边哼唱山歌的情景，心里一时空落，一时涨潮，一双看不见的手伸进我的胸腔，拨弄我的五脏六腑。

它在寻找些什么？

这分明是我过去熟悉的情景。虽然不是穿针引线，却具有同样的温度。

不由回忆起那年春天，女贞树开花的晨阳里，我去公园跑步，看见一位年轻的男子站在山顶女贞树下教一群老人唱歌。一阵风吹过，一树的花瓣，纷纷扬扬，将清香拢在男子的身上，而他却将他的“玫瑰”传递给眼前那群垂暮的老人。

兴许是都市的匆促荒芜了我的心灵，那些曾经的美好化成灰，变为尘，消散在无人可识的世界。

而我似乎没有勇气再去这样“怠慢”时光了。

无论是在路上还是在家里，我都陷于思考。观过往人群，听市井言谈，发现陷入此境况的不只是我，似乎是许多人——忙于生计的人都被一双无形的手推上了那隐形的快速运转的传送带。

我不知我的停靠点在哪儿。同样的茫然复制在每一个传送带上的人的脸上，却忘记了自己可以不上传送带，只需用脚一步一步踏实而有力地走出人生的轨迹。

在王家坪木楼上，少女静坐在木栏旁绣鞋垫的样子，又将我推至追忆与重温的隧道。我忍不住上前和她攀谈。她告诉我，手绣鞋垫是土家少女的传情之物。如果土家男儿看上哪家的姑娘，就会搭讪着探问可否送一双鞋垫，姑娘要是答应了，那么这桩亲事也就差不多成功一半了。我问她是否有了心上人，她的脸有些娇羞，小声说：“有了。”

姑娘正在绣蝴蝶的翅膀，想必这是一双承载爱情的翅膀。

我的家乡也有手绣鞋垫，有针脚细密整齐的样子，却不像土家族的姑娘们那般将爱嵌进细密的针脚，变成双飞的蝴蝶、成对的鸳鸯、并蒂的莲花、相思的鸟……

原来，鞋垫不只是鞋垫了，是爱人的心、情人的意。而我更在意鞋垫下飞针走线的时光，以及时光下的相思。

人间事

来到陌生的城市，我常有不自觉的行为——观察行人的表情，对比相同植物的长势。

石楠会开花？我站在岳阳楼红色的围墙对面的人行道上，左边是低矮的石楠，修剪成篱笆的样子；右边是行道树，细碎的花瓣，像浅黄色的绒鸭簇拥在枝头，晨光在它身上跳跃，呈现出少女般的光泽。这细碎的美好记忆源于十六年前的那个春天，初生的女儿卧在怀里，伴随细碎的叫声，两瓣嘴唇微微张开，左右探寻，宛如鸟巢中那只嗷嗷待哺的小鸟。

绣球花长在高枝上呈现出攀爬上天的架势，这是在君山岛所见。习惯于绣球花挂在低矮树枝的样子，我一时有些恍惚，甚至怀疑眼前所见并非我所熟悉的物种。左右问之，确定了它就是绣球。我欣喜的不是遇见绣球，是它此刻令人惊喜的生机。平常日子里，我们习惯于用标签去确定熟悉的人，甚至狭隘地以为个人的成功只取决于个人努力。却没承想，同样的物种，只要身处对的时间对的地方，即便是低矮的绣球也能长成高大的样子。

看见那个女孩不知所措的样子，是我搭讪她的契机。无意去打听什么，我们都是想坐轮渡去君山的人。售票员说得有十几个人才能出发。她和我因此捆绑在一起成为有共同目标的人。等了快半小时，不见来客。一个在江边垂钓的老人好心指点我们：坐中巴去君山半小时，五元钱；开车去君山，二十分钟，停车费十元。同来的友人当即决定开车去。她怎么办？转身走时，我迟疑了。“要不要搭顺风车？”我问她。“怕给你们添麻烦。”她说话时脸涨得绯红。坐上车，女孩说她从大连来，去年刚大学毕业，因为腰疼耽误了及时就业。现在腰疼好了，想趁正式入职前出来看看。本来计划去武汉，因为坐过了站，就到了岳阳。她早上到，傍晚坐高铁去武汉。生活中，面对陌生人的善意，我时常会提防甚至刻意回避。而此刻，我想帮她，不是虚伪的客套，也并非某种优越感的泛滥，我只是不想让她不知所措。

或许是出于感激，女孩一直在说话，她的声音牵出久远的记忆，让我穿越到那年。

一条没有灯火的路，又正好弯进一段山凹，两旁没有房子，没有行人。黄昏时的田野是荒凉的，地上有雪，天色灰暗。我走了好久，才从这段绕山的路里走出来。路边有房子，还能看见从房子里透出来的微弱的光，这种光并不发亮，反而比黑暗更叫人难受，使四周显得更黑，那是一种垂死的光。天空差不多要压到地上了。不时有雪从路边的树上掉下，突然发出的声响，惊得我一跳。幸好有雪，可雪藏着我看不见的危险，我陷入雪坑几次，所幸都能爬出来。

并非迷路，我从寄宿学校搭车回家，因途中昏睡而搭至别处。司机告诉我，没有返程的车了。我在雪地上走了整整三个小时，帆布鞋早已湿透。因为只顾向前，我忘记了寒冷，亦不觉害怕。

看见熟悉的小镇的灯光，我才心安。可镇上闪烁的灯火，与我并不相关，没有哪一扇门打开迎接我，没有哪一盏灯为我点亮。有人告诉我，镇上已经没有开往家乡的中巴车，甚至任何交通工具。老鸹的叫声在夜空嘶哑，激发了我身上的寒冷与恐惧。

“叔叔，你去哪儿？”突然，我看见前面有一个穿着军装的中年男子。我鼓起勇气追上去问。“我去前面的火车站。小姑娘，你去哪里？”男人的声音清晰、平缓、镇定，我相信了他。“我去坪上。”我说。“坪上离这里还有十几里路啊。你一个小姑娘，不怕？去小镇上找个客栈住下来吧。”

“没有钱。”我压低声音。我见过乞讨者，他们会拦住行人，用响亮讨好的声音纠缠他们。

“来，跟我来。”男人说得那么自然，听不出丝毫犹豫。

他带我走进了客栈，让服务员领我去房间。我快要冻僵了，什么话也说不出，木棍般跟着领路的姐姐上了楼。

“小姑娘，快吃点东西。”男人上楼来时，给我买来了一碗热面。我接过面，把头埋进碗里，小小的房间里全是吸吮的声音。“我得走了，火车快要开了。”他说。“叔叔，”我涨红着脸问，“我怎么才能找到你？”“好好学习，等你有能力帮助需要你帮助的人时，你就找到我了。”

“去帮助需要你帮助的人”是叔叔留给我的话，从此人世间最恒久的信任植入我心，让我获得一世的心安，并拥有一种敢于去行动的力量。

是啊！有人为我那样做过，我自然有理由去施予爱，去给予信任。就像石楠会开花，是因为人们给了它长高长大的机会；绣球花想攀爬上天，是土地赋予了它力量。

人间事，有时也就如此简单！

飞潭瀑布

我是在初春的雨天去的飞潭瀑布，路有些湿滑，空气却是出奇的新鲜，让人一身轻松，仿佛身子沉浸在这样的天然氧吧里得到了最彻底的洗涤。

飞潭瀑布位于张家界永定区沅古坪镇盘塘村和长潭村之间，从张家界火车站驱车出发，大约两小时便可抵达。

下车后，沿着一条林间小道，走到一处山崖上，我眼前突然一亮，一挂银色悬在空中，高达七八十米。现在不是枯水季节吗？为什么瀑布的气势如此磅礴，却又如此静谧。它如同隐居在此的高人，虽然身怀绝技，却不需有人喋喋不休地介绍自己，初见它时的惊喜才是对它的最高嘉奖，仿佛不动声色就把来人的魂魄吸纳在此。

二十岁那年，我去过黄果树瀑布，站在瀑布腹洞时，一股无法诉说的力量催促我去感受激流的魅力，甚至让我产生过随着瀑布纵身下跳的冲动。我知道，那时的冲动与青春躁动有关。

而此刻，我站在飞潭瀑布前，内心如此安静，仿佛城市浇灌在我身上的浮躁与喧嚣都在此刻消失，人生道路上遭遇的种种伤痛也在此刻烟消云散。涤荡，从灵魂深处开始，直抵我的指尖、发尖。

看着瀑布，如同在美术馆里看一幅伟大的作品，我不敢大声喊叫。其实，我大可不必这么小心，因为我的声音会迅速被它一泻千里的气势吞没。可我依旧虔诚，屏住呼吸，静静地看着它，也想坐在它身旁，甚至缩在它的怀抱里。这是一种初见便懂得的珍惜。

瀑布两边是高高的山岩，岩石大而坚硬，像是守护这股清流的铜墙铁壁。水的柔情与岩石的坚硬，在此处，在此刻，如此契合。我想，瀑布两肩若是泥，水就会变得面目可憎，它像失了心的人，持难以阻挡的力量，摧毁泥肩，甚至一切它可以抵达的边界。自然，最终也毁了瀑布。

沿着小径，继续往下走，途中我看见挂满小铃铛的椿树、身上爬满“眼睛”的枫树。野樱桃和刺莓已经开花，我想象它们果实挂枝时，漫山遍野都是红色的小灯笼。倘若它们能在黑夜里发光，那一定也是繁星满天的世界。还有八月瓜、椰树、檀树，浑身长满锥刺的刺楸树（俗名猴不爬）、青皮树。它们已经都从冬的沉睡中醒来，在春的呼唤中蠢蠢欲动。仿佛它们正在参与一场服装比赛，看谁能编出最美的衣裳。五倍子树，可作中药，也可用作染料。若在永定这边看见染布，其染料大都取自山上的植物。有青年站在河边漂洗染布，看他挥舞手臂，起落中带出的水珠成为一道美丽的弧线。这些不确定的遇见，让我的寻访多了些回味。这里的一物一景都让人心生欢喜，耳际琴音缭绕，所有入眼的新鲜让我的心灵鲜活，这种奇妙的感觉令人顿觉身处世外桃源。

走到瀑布的根处，走近一池碧波，此刻，心中生出痴念——若是能化成一条鱼，以此为家，那该有多好。我俯下身子，掬起一捧水送进嘴里，沁透心尖的甘甜。相似的滋味我在喝茅岩莓茶时也有过，这里的水养育这里的茶，才能生成这份独特的甘甜。

连接瀑布的河，像如获至宝，心怀喜悦，向沅江游去。

这等喜悦，我自然懂得，如同伯牙之遇钟子期。内心真正地懂得，兴许就在最初的对视，或是一次心灵相通的交谈，或是对某个决定的肯定，心与心就交融，直至成为永恒。

此刻的遇见，无须言语。它飞流而下的气势，它静默如山的姿态，我都懂得，也十分欢喜。

这里的大山赋予水独特的灵气，而水汇聚成清流悬在空中呈现给来自五湖四海的朋友。这般诚挚的欢迎，我在沅古坪镇的拦门酒里品尝到了（村民排成长队在村口迎接我们，鼓掌的女人站在屋檐下，乐器队站在风雨里，司仪高声招呼，倒酒），在这里的山歌里闻出了，在那个击鼓的七旬老人身上看到了——他挥舞双手，不时发出欢叫，整个身子在舞蹈，俨然正在兴头的“猴王”。他无所顾忌，尽情表现，这时的欢腾只为表达对远方客人的欢迎。

来时我犹如一个懵懂的少年，对这儿一无所知。而走时，飞潭瀑布已经走进了我的心里，那一挂清流从此悬挂在心头深处。我对朋友说，这里是踏青的好去处，明年春日，我一定要再来这里。

远在绥宁的守候

我们前行的目的地是绥宁。

绥宁是苗、瑶、侗少数民族集居地。这里地广人稀，有邵阳西部边陲绿色屏障之美称。过去从长沙至绥宁要花上整整十二个小时，也正因为如此，才让这片土地充满神秘的色彩，才让这里山青水绿，土地不荒，民风淳朴。

抵达武冈时，趁加油的空隙，我站在停车坪一侧远眺，只见山上树木葱绿，河里水泛清波，田里稻禾油绿，地里青菜排列成行。正好映照：春光正好，春意正浓；农人脱衣下地，春耕农事正忙。而那条如绸带蜿蜒在村落的水泥路，将山里山外的人连接在一起。山里的人羡慕山外的人见多识广，山外的人羡慕山里的人住在这世外桃源——夜听蛙声、晨伴鸟鸣，无雾霾、车堵、人躁之烦恼，逍遥自在。

进入城步苗族自治县，出高速口时工作人员估计正从厕所跑出来，一时让我对生活在这充满烟火气息的人多了一些莫名的羡慕——偏隅一角，地广人稀，与山作伴、与山泉山花作伴……

不觉到达绥宁，迎面扑来的清新让我有一种想将心肺全掏出来浸浴在这里的冲动，深呼吸几口气后，身子清爽不少，不由得感叹："空气真新鲜，要是能带几袋这里的空气回家就好了！"

那是当然——绥宁是湖南森林资源最丰富的县，被联合国誉为"没有污染的神奇绿洲"。

绥宁主城区浸浴在巫水河的怀抱，而巫水又不仅只是这样存在，它将它的双翅展开在两侧，仿佛一只迎风而立的金凤凰。我想起一句话：没有梧桐树引不来金凤凰。绥宁那无与伦比的原始植被不就是人们心中的梧桐树吗?

沿着 221 省道前行，碧绿清澈的巫水在两岸青山的掩映下显得格外幽静，而那座垂檐的风雨桥如父亲慈爱的胸怀、兄长强劲有力的臂膀撑扶人们向前。无论是南来北往的过客商人，还是四海归来的游子，只要往桥上一坐，不，哪怕是远远看上一眼，魂就安了，心就静了。

六月的绥宁依然很凉爽，大抵是它得天独厚的自然资源送爽的缘故。我沿着如碧玉般清澈——对于城市来说，河水的清澈已属罕见——的巫水河畔，任清爽的风，扬起我的头发，拂过我的肌肤，听凭绕在河边青草白花上的那一双白蝴蝶牵制我的目光。清浅的河水虽然发出"哗哗"的流水声，可我分明感受到了它的宁静，竟如巫水河上的风雨桥，虽然行人不断，可它不争不吵，不艳不俗，依旧安静地经风历雨，观前生往事，见新人旧欢。

我喜欢这样的风雨桥。在我的家乡也有这样的风雨桥。听家乡人讲过，这桥旧时是有钱人家筹钱自发修建的，算是善举，不仅让村里人有了乘凉躲雨之处，更是让飘走四方的货郎挑夫有了歇脚处。

对岸几对麻鸭嬉戏水中，不时发出“嘎嘎”的欢叫；躲在柳树下青草地里啄食的公鸡对着一侧的母鸡发出高亢嘹亮的叫声，仿佛情窦初开的少年向他心仪的女生表白，令我生出些几乎遗忘的“青春无敌”的欢喜。

我行走的岸边沿途有些方桌条凳，老人们会聚一起，或打纸牌或吹芦笙或拉二胡，自得其乐，安享晚年。

离绥宁县城二十公里处有一古村——大园古苗寨。村里阡陌交错，荷塘间或，鸡犬相闻，比邻而居。虽然这里有明代的鼓楼，建于明弘治十四年，商人们往返于绥宁、武冈、城步、桂林等地的商贾要道；虽然 1998 年潇湘电影制片厂拍摄《那山那人那狗》影片时多次在古村取景，可村里没有任何兜售、拉扯的生意人，就连吆喝声也没有。这个物欲横流的时代，金钱没有吞噬村里人的灵魂。一个村妇见我走进她的庭院，露出羞涩的微笑招呼我：“来碗油茶吗？”游客们像是回到自己久别的故乡般随意穿梭在小巷，自由地进入那些保存完好的庭院，望屋檐、扶楼梯、抚青墙，观民俗……

幽深的巷子，光滑的铜鼓石，充满乡情的木板房和挂在木楼屋檐下的苗族衣裳，难免勾起游人探寻的欲望。如果下雨天，苗家姑娘身着盛装，从这里慢慢走过，那种景色比戴望舒《雨巷》中的味道更加悠长。

我行走在小巷深处，此刻的幽静令我回想起家乡不复存在的青石板路、爬满青苔的青砖墙，和那些消逝久远的童年时光——我在村里看见三个六岁左右的小姑娘围坐一团，正在玩抓石子的游戏，这可是我童年最美好的记忆之一啊——不由生出些感叹：巷道深深，乡情悠悠。

恰巧，从我所站的路坡下的木房子里走出一个老人，弓着背，没有穿上衣，袒露的胸脯如烟熏后的腊肉，肌纹里都堆满沧桑，他沿着石阶颤颤巍巍往上爬时，深陷的锁骨牵动他的脖颈如牵动快要崩裂的枯绳，握在他右手的柴刀昭示他正要上山劳作。人老先衰腿，老人爬最后一级石阶时的艰难让我生出上前搀扶他的冲动。老人挡住我的手，咂巴了一下嘴，展开挂在干瘪的两腮上的笑容，伸出手告诉我：九旬。

“九旬老人还要上山干活？”

“人活着能做事就是福。”

难道老人看出了我的心思？我想起在绥宁县城碰到的年近八旬的大娘对我说的话：山里人，与天地为伴，劳作惯了，不觉得苦，反倒不上山下水了，身子浊，不清爽。

正好我的手机里有一篇朋友转发的题为《92岁的她隐居山间，活成了仙女的模样》的文章，讲的是美国著名绘本作家、插画家塔莎·杜朵融入大自然后的美好生活。

是的，竟如文中说的，我们每个人的心里都住着一位塔莎奶奶，或许现实中的我们总是会屈服于各种无奈，但请不要忘记学会满足，学会享受生活，学会优雅地生活。

因为无关年龄，无关环境，只要心境敞开，幸福与优雅如清风自来！

比如眼前的巫水河、风雨桥、大园古村，以及生活在这儿的人们，经风历雨，世代相传，守候一山一水一桥一村，看似遥远，却又近在眼前。

镶嵌在心中的瑶池

说到宁乡灰汤，人们自然就想到温泉，这是灰汤人的骄傲。这份骄傲带着新鲜朴实的泥土气息，就像瓜果飘香的季节，你经过村庄，看橘子树上硕果累累，金灿灿的，着实讨人喜爱。你只要多看一眼，主人就会自然地邀请你，不要客气，摘个橘子，尝个鲜，沁甜的。而晒在村民家门前的酸枣片，也是金灿灿的，惹人驻足。女主人大方地捧起一捧，对充满好奇的你说："吃吧，都是用乡里人自己种出来的食材做的。"微笑和语气，自然而真实，这是村里人最朴实的待客之道。若你去灰汤，村里人还有另一种招呼路边行客的方式："歇息下，来家里泡个温泉脚、洗把热水脸吧。"

不难想象，灰汤人发现温泉的那一刻，何其兴奋。我似乎能听到那时的欢呼，能看到那时人们奔走相告的喜悦。福至心灵，心至生慧。温泉，是大自然对灰汤人的馈赠。而灰汤职工疗养院却是灰汤人智慧的结晶，更是灰汤人对所有劳动者的致敬。从一口泉井的发现到一片温泉的养成，其中要付出多少心血，只有身历其中的人才能感受到，也因创建疗养院过程之艰辛，只有他们才能真实感受到疗养院生成的骄傲。

这骄傲注定站成永恒的姿态。从紫龙湖西侧往东望，灰汤职工疗养院像一只展翅待飞的凤凰。它的东边是东鹜山，白雾缭绕中，梯状向上延伸。前面是乌江河，乌江河从流沙河而来，流入沩水，奔湘江而去，逶迤如白龙。山的深邃，水的灵动，勾勒出一幅浓淡相宜的水墨画。而龙凤相依，不言不语，自然生出一种笃定——执子之手，与子偕老。原来，最长情的守护，从来都是以最轻松的姿态存在。

秋晴日，晨光之中，灰汤上空总会飘浮一层白雾，这是温泉造就的仙境。而山的青黛与屋上的红瓦、青砖，自然营造出这里的水墨风情。

我是今年深秋去的灰汤职工疗养院。去的路上，我像一个期待已久的孩子回到母亲的怀抱，又像一个探寻的神秘使者，既安心又好奇，既兴奋又宁静。这是我与温泉接触时的真实感受。当温泉润泽我的肌肤时，它像母亲用手抚摸儿时的我的身体，又像爱人的拥抱与亲吻，让我甜蜜、满足。若是你与知己同行，摇曳的灯光下，喝着喜欢的茶或咖啡，读一首新近的诗作，或说些体己的话，或因为小鱼啃咬肢体而发出大笑，你一定会感觉出所有的疲惫都在这一刻消失，所有因为世俗惹身的尘埃都在这里得到了洗涤。是的，这是身体与心灵的休憩之处。

这个深秋的夜里，我仿佛回到了童年，又似乎走进了人间仙境。自然也想到了传说中的瑶池。瑶池是王母娘娘居住的地方。我想，眼下的温泉就是我的瑶池。

突然想到儿时，秋收时节，父母因为抢收晚稻或是抢挖红薯，时常忙到夜深才能休息。仍然记得，秋夜晚饭后，母亲会招呼我说："凤宝，给我提桶热水来泡泡脚。"还说，"这一泡能赶走一天劳累带来的身体酸痛，夜里可以睡个好觉，明天起来又有一身足劲。"

朋友告诉我，灰汤职工疗养院已经是国家级劳动模范疗休养基地。我心想：我一定要带我的母亲来灰汤职工疗养院休养。母亲劳动了一辈子，她是我心中最高级别的劳动模范。

去灰汤职工疗养院的路上，我和闺蜜计划抵足长谈。可是，经过温泉浸泡后的神经与肢体变得柔软无力。我们还想与意志抵抗，也只是喃喃数语，便悄然各自睡去。

真是应了南宋无门慧开禅师的诗句：若无闲事挂心头，便是人间好时节。

那夜，注定是个安眠之夜。

在蓝山漫游的时光

湘江源

我生活的城市，有一条江，叫湘江。多年前，我不知道它从哪里来，要到哪里去。

第一次真正让我起念去蓝山，去寻访湘江的源头的是送荣同学的一段话：湘江的源头在蓝山，文艺湘江的源头在长沙，就让我们在这个源头洗涤心灵的尘埃，增益创作的功底，锤炼人格的修为，纯澈文学的价值。静静修炼，苦苦求索，奋力起跑，一路花香！

约起去蓝山，是在早春，我们文友一行相约来到了湘江的源头。

源头的水，无磅礴之势，浅浅窄窄地卧在岩石沙砾中，与我熟知的山渠并无两样。

湘江是从这里起源的吗？我四处张望，没有看到更多的水。我住在湘江边，熟知江面的宽绰与江涛起伏时的气势。

水隐藏去了哪里，或积蓄在何处？我这样想时，巨大的声响扑面而来，不是水声，而是风吹动树林的声响。我顺着水流的方向看去，它逶迤进了深山。难道水从很远的地方就把自己藏起来了？我目之所及处，全是山和树林——水源地定然植被繁茂。像是顿悟，我似乎一下子洞悉了某个秘密。我看见了，山的每道缝隙里，水以一种独特的方式存在和前行。它经受孤独，抵挡沿途的喧哗与牵绊，只为汇成湘江的气势。

我俯下身子，眼前的水，清亮碧透，像母亲的怀抱，藏着些让人着迷的力量！

是啊，湘江源隐形的力量非目光所能领悟，它所有的沉默与安然，都倾注为一种向前的力量，并非刻意讨好。因为，它是母亲。

毛俊村

香芋、荷塘、桂花、竹编的门楼、立在河上的风雨桥、竹排、刻有百家姓的石头……所有这些，让毛俊村呈现出独特朴实的韵味。而青山，不远不近地立在村庄四周，像相濡以沫的伴侣或是至交那般赤诚与妥帖。

我是十月中旬来的毛俊村，细细的秋雨，一层一层落下，桂花被雨浸润，融进空气、泥土。你闻啊，天地间全香了。雨并不因此满足，就着树林的庇护，愈发得势，它变成水雾，从山脚升腾，描绘出撩拨心弦的仙境。

不难想象，晴天时，太阳从山顶升起，将金色的阳光涂在田野、土地、房屋，爬上村里人的脸，成了温暖的笑容。

最初的微笑从毛、翟两姓祖辈的眼睑溢出。他们来到此地，安居于此，乐业于此。发展至今，毛俊村已是百姓大村。数百年来，毛俊村人，用智慧与真诚、热忱与深情、团结与力量，铺就与发掘这片土地。他们依赖这片土地，却并不陈腐固守，他们将新的思想根植于生养之处，从青山绿水中发掘出金山银山。今天的毛俊村，已经成为全国文明示范村。

在俊水河畔，我看见背着蓑衣的钓者，还有漂在水面的竹排，此刻他们的守候与我们的到来一样，自然、美好。我们为某些意蕴而来，他们为这里付出自己的真心。

偶尔从田涧拍翅掠过的白鹭，引出行人的一些欢呼，声音是收着的，定然是怕惊动这天然一体的景致。我站在河边，目光追随这行白鹭前行，看它们变成一条白线直至消失。不知那抹藏在我眼里的深情，它们看得见吗？而它们的出现是否又是在向我问好呢？在人类世界里，要理解一个陌生人已是一件很难的事情，而此刻我竟然奢望去懂得一只白鹭的心思。可我知道，我和那只白鹭，此刻正成为毛俊村日常画面的一角。

竹 海

我就这样，站在山脚下，站在竹海前，看着蜿蜒的村道，向着山林深处爬行。

路边村舍，鹅在叫，鸡呼应它，引出一曲和鸣。水雾从竹林深处升腾上来成为云烟。枯荷萎在田间，那一夏的莲香，潜伏在桂枝，成了那一树丹桂的魂魄。那时的荷和此刻的香郁虽是不同季节的风景，美却是相同的。

看见我们，村里人并不惊慌。来或不来，他们都属于这里，也都拥有这里，我们只是过客。

可光阴不分你我，不分地域，你在这里或在那里都是光阴的过客。此刻的光阴，我们把它交付与竹海。像突然饮了不老泉的水，攀爬竹林时，我们一个个像孩子那般顽皮，嬉戏时摔倒了，没有人抱怨，欢乐在竹林里荡漾。

兴许是酒，是那从鲜活的竹节里涌出来的散发醇香的酒，伴着竹香滑进我们的身体，就这样，美与某些意蕴与我们融为了一体。

而用细嫩的竹叶泡出的茶却是另外的意蕴，它们像母亲温柔的手抚慰我们的五脏六腑，润泽我们的身心，那份甘甜与清香唯有懂得的人才能真正品出。

原来竹还可以与酒、与茶相融。

午饭时，朋友给我夹起一块干竹笋，说这是竹子在春天献给我们的美味。

这样的竹海到处都有，可这样的来自竹海的赤诚馈赠，却是第一次在蓝山遇见。

大围山上五月红

朋友说，大围山七星岭景区的野生杜鹃已陆续开放。七星岭是大围山的最高峰，海拔一千六百余米，山上平均气温比山下低七八度。因此，当山下的杜鹃已近谢幕的时候，山顶的杜鹃才将它的灿烂呈现在初夏的五月。

随着小车盘旋在大围山清幽的弯道，一旁的山坡和临渊的山崖上，总会惊现几枝鲜红的杜鹃花。而飘荡在山涧的薄雾，却让这抹鲜红显出害羞的神情。看上去它们像在害怕什么，却又分明盼望着。只要温度再高一点，那些藏在花苞里的杜鹃，一定会大大方方地从花苞里走出来，露出灿烂的笑容。

来到大围山售票点，记忆中巍然挺立的大围山，此刻已囫囵吞没在浓雾中。眼下正是初夏雨季，山泉充沛，即使地势平缓，也能听到山泉欢快的流动声，而笼罩在山上的浓雾，又让这份欢快多了一层神秘。我只穿了一件薄衫，浓雾肆意，寒气正浸入我的肌肤。我没有因此生怯，反而对山顶花海的向往愈发迫切。往前走，往上走，我感觉身子不是愈发沉重，而是愈发轻松。

时光总在变幻，也总在催促，有阳光钻出浓雾，呈现它令人欣喜的笑容。我们已经爬上山顶，恰时，雾尽然消失，眼前只见绿的叶、红的花，还有那些花瓣上闪烁的珍珠般的水滴。天空也变了，像是才被洗过，除了纯净的蓝和透亮的白，再无其他。真是惬意啊，吹在身上的风，既不似城市的风那般，让人感觉出黏稠，也不似海风，总是伴着一丝淡淡的咸味。仿佛走进了五月的大理，风那般清爽，又无浸入肌肤的寒意。

从山脚起，蜿蜒前行的木制游道两旁，杜鹃花一定是被花神召唤了。打头是零星的几朵，慢慢变成了一簇、一群、一片，最后全部集结到了山顶。有的花完全盛开了，有的犹抱琵琶半遮面，还有少许仍是青涩的花骨朵儿。有时，我也心存偏见，比如眼下，我就笃定地以为眼前满山形状相似的杜鹃，定是人工培植。陪伴我的朋友是本地人，她告诉我，所见的杜鹃全是野生的，人们只是对它们的疏密进行了适度的调整。

登上七星岭顶峰了。你看啊，那火红火红的杜鹃花，以浓烈的姿态绽放。青山绿树倒也没有失颜，它们保持一贯的谦卑，成为最好的映衬。这些花，花瓣密密匝匝，蕊靠着蕊，瓣贴着瓣，相互依偎，竞相辉映。再仔细打量，有的花朵如红色的玛瑙，迎风玉立，娇艳欲滴，有的空灵含蓄，优雅迷人。

置身花海的我，不再沉溺于过往的风花雪月，也无心窥探未知事物的变幻莫测，因为美景就在我身旁。我已然幻化成了精灵，穿梭在大围山崇山峻岭之间，播撒希望，收获幸福。瞧，那一拨又一拨，一年又一年，不倦怠、不生厌，相约而至大围山赏花的人们。难道他们只是来看花吗？他们一定也是来体味生命的力量。花的开放自然有声，你听，那么响亮，透彻山谷。

在我的家乡，在我的童年时期，映山红是一味美食，我们常常三五成群上山采摘杜鹃花，然后坐在山泉旁，将小脚丫浸入清凉的水中，在泉水欢快的歌声中，扯下花瓣，送入口中，那股清纯的酸甜至今仍回味无穷。那是童年的记忆，也是永恒的获得。

大围山，你和我们都要感谢杜鹃，是它，将这灌木丛生的荒郊野岭变成了人间天堂。然而，倘若没有浏阳人的执着与开拓，这一山杜鹃的灿烂又何以呈现给世人呢？大抵也只能孤芳自赏了。也要感谢那些步道，那些梯级。

眼下是五月，是大围山杜鹃花的盛会。很快，它们就会从这里消失。可人们因此就不再期待明年的花期了吗？我有意靠近杜鹃的花瓣，让朋友帮我拍下这一美好的时刻。不只是想留住这一短暂的瞬间，还是想告诉自己，珍惜每一寸光阴，珍惜一切美好的事物。也因此在心里和它们约定：明年五月再见。

紫鹊界，雨中看日出

凌晨四半点的时候，我醒来了。站在紫鹊界山顶的客栈顶层，拉开窗帘一角。但见，窗外天色依然昏沉，三两闪烁的灯火如夜的眼睛，嵌在群山之中发出灵秀的光芒。远处传来一声高亢嘹亮的鸡鸣声，牵出蛰伏心头的愿望——我要在紫鹊界梯田之巅看日出！

起身走到客栈前坪时，天边山岚已浮出一道浅浅的红边，而紧挨山岚的天空，却被一支神笔在原本泛白的底色上描出道道夹着墨色却又依次加浓的蓝白相间条纹。

“光线更分明，变化更复杂了。”一群来自北方的摄影发烧友，正和我并肩站在客栈前坪，等待日出。

我望着眼前群山沟壑之间，在晨幕下发出动人光泽的层层梯田。田里水平如镜，映照山岚、倒映天空，又如数颗钻石闪耀它们晨幕下格外耀眼的光芒。天边不再是线形的红，倒像是在海潮中招摇的海藻裙摆；又如浸入水中的红粉，晕染越来越大……

客栈坪前有棵古树，我倚上它时，指尖恰巧触及它凹凸不平的树纹，一种触电般的感觉引领我穿越时空——一群紫鹊界人在海拔千米的山峰上，荷锄攀爬的壮观场景跃入眼底，瞬时泪水不觉浸湿我的眼角。

我知道我的感动源于对劳动的赞美、对创造的惊叹、对生命的敬畏……千百年来，紫鹊界人在海拔千米的山峰上，一锄一耙地开垦出坡度最陡、海拔最高，并拥有最原始、最天然的灌溉系统的梯田。

天色亮了起来，远处山岚，轮廓高低分明。红边将它的光彩堆积在山脊，与原本的墨色交织相染。而与山相接的天空，已成片染成浅蓝，似乎要将刚才这白、这红吞没。

站在客栈前面的大坪已满足不了我饥渴的审美胃囊。我沿着那条盘旋在山间的柏油路步行到了八卦沟，呈现在眼前的盆地式梯田一下开阔了我的视野。而那些如蒙古包般被绿树覆盖的小圆山，恍若女娲娘娘无意撒落在人间的一把翡翠。

天，下起了细雨，雨将水的灵气泼洒在天空和山脊，浅蓝成了水蓝，橙红成了水红。眼前三两沿梯镶嵌在田间的木制板房，房顶正飘着炊烟，弯弯绕绕，和天空的白雾融为一体。而木板房中此起彼伏的鸡犬相闻声，又让晨幕下的梯田多了一分生动。雨越下越大，天边的浅蓝、粉红被水雾覆盖成深灰，而那丝不愿褪去的金色，正如调皮的孩子不时撕开深灰一角，露出顽皮的笑脸。

我没有等到从山那边射出金色万丈的光芒，也没有等到一轮带着金边的红日出现在眼前。可近处，修得圆润的田埂、田肩，晨风吹皱的田面清波，相伴梯田绿如青葱的嫩草，以及鸟儿清脆的叫声、鸡犬相闻的欢快声，沁人心脾的泥土芳香；远处级级阶梯，似根根纬线，层层叠叠、依山就势盘旋于群山沟壑之间，美不胜收。

此刻，我站在雨中，心中除了震撼，更多的是惊喜与感动。紫鹊界人民用智慧与不屈开垦出了这样一片震撼全人类的生命之田，这是两千多年来当地苗、瑶、侗、汉等多民族历代先民共同创造的劳动成果，是南方稻作文化与苗瑶渔猎文化交融的历史遗存。

不知是哪家女子思念情郎了。山坳里传来女子的歌声：正月里一朵好花搭信无信叫郎来。姐哎，正月里要拜年；二月里发水种秧田；三月里清明挂白纸；四月里秧老要插田；我哪有闲工看姣莲……

在《十二月望郎》歌声中，我仿佛看到了情侣渔猎的场景。是的，正是因为渔猎文化对新化人的影响，才让这里的山歌具备独特的神韵。1957 年著名山歌歌手伍喜珍进京参加全中国民间艺术会演，她演唱的新化山歌《神仙下凡实难猜》，荣获一等奖。

我是春天的四月来的。此时的紫鹊界秦人梯田，水满田畴，如面面玉镜五彩斑斓。我憧憬它的夏至，佳禾吐翠，如排排绿浪，青翠欲滴；盼望金秋，丰收在即，像座座金塔遍地澄黄；期待隆冬，漫山瑞雪，仿佛条条银蛇起舞群山……

桂阳，挂在湘南的星星

11 月的桂阳，已有些寒意。田埂上行人无几，田地里收割后的稻茬齐整整地呈现着它们曾经的辉煌。我恍如走在回家的路上，看见父亲肩扛锄头，母亲手握镰刀，劳作在田间的样子。那额头的汗、手上的泥、嘴角的笑，似秋日的稻穗、高挂的葡萄，让人陶醉着、甜蜜着……

“妹子，来杯咱们农庄的蜂蜜水吧。”

刚步入桂阳神农蜂农庄，庄里人便递给我一杯热气腾腾的蜂蜜水。习惯了以酒待客，以茶会友，眼前的蜂蜜水让我多了一份突然而至的惊喜，而那份直抵喉舌的蜜甜更是驱散了一路的舟车劳顿。

“这儿的养蜂人很多，而神农蜂农庄是最具特色的一家。”这话是桂阳本地人对我说的。其实不用她介绍，我早就感受到了这家的与众不同——那四合院就是湘南不多见的土坯房。褚色的门框，泥糊的墙体，似久经风霜的老人的脸，呈现出岁月的沧桑。我轻抚门框与墙体，有一种无以言说的感动与踏实。

走进四合院，中间青砖铺地，四周是红绸披身的两层回廊及各大小不一的用餐小包厢。收银台有些鲁迅在《孔乙己》中描述的账台的样子。可这没有穿长袍的孔乙己，只有成群结队的游人。

蜂蜜水似乎还在喉间回味，不觉来到了离桂阳城区三十余公里的庙下古村。

青砖黑瓦清水塘，青石巷道清水沟。这不是画，而是古村呈现给我们的真实。整个村子的人家都姓雷，聚居已近七百年。若不是亲临这里，我很难相信，在一个偏远乡村，会有如此密集的古民居群。

来到村头，落入眼中的是一弯半月形的水塘，塘边有一块用来歇脚的坪，地面由鹅卵石铺就，八棵古柏旁是由青砖黑瓦木梁筑就的凉亭，亭中桌凳皆用青石，三两村民围坐在凉亭下棋，我近前静静观战，不觉进入了“采菊东篱下，悠然见南山”的幽境。

我有了探寻的欲望，很快寻访到了古村的雷氏宗祠。宗祠分三进，第一进是过道和义仓。义仓，由雷氏家族全体户主“积谷”而成，用于救助孤寡，奖励学生，接济灾荒；第二进是戏台。“庙堂留古迹，唐者尧，虞者舜，夏者桀，商者纣，历代盛衰，举目何难尽见；下土著全球，东之夷，西之戎，南之蛮，北之狄，四方境界，施踵便可遨游。”没想到，在这乡村的戏台两侧，竟会有如此耐人寻味的对联。走到第三进，看见堂屋正面墙上是神龛，摆放着雷氏列祖列宗的牌位。这个堂屋既是集会的“主席台”，又是大型宴会的“上座席”，还是看戏的“贵宾位”。

从宗祠出来，我们又踏上了古村的青石巷道，亲近地融合在她的怀抱中，虽然她沉默着不对我说些什么，可眼前门窗的斑驳沧桑，分明在诉说着她的前尘往事。我想到了凤凰古镇沱江边摇船汉子卖力的号子声、丽江古城流淌的慵懒的音乐声、乌镇水乡两岸络绎不绝的游人，而这里如此清静、淡泊，如一位隐士高人。听引路的老人说，这乡镇因民风坚毅而闻名。我坚信，这是古村保存得如此完好的理由。

天色已暮，回程路上，我仿佛看到那些辛勤如蜜蜂的桂阳人，他们静心忙于农间、山地、树林，执着又安静地编织自己的美好生活，看到庙下古村那份不屑与人相争的厚道与朴实、那份执着的纯度和超越蜂蜜的甜。

看着那片云，如同与知己那般对视。云隙处洒落的光影，仿佛照耀世间的精灵，带给人希冀和热望。

登高远望，这小镇院落里带着一丝久违的宁静和烟火气。

远处群山远阔，夕阳西下，河面倒映着落日的余晖，与这漂荡的小船相映成趣，构成了一幅天然的山水画卷。

我没住过石屋，却一见心生欢喜。

辑四 且偷闲，安顿好疲惫的灵魂

瞧，那天际倾泻下来的漫天霞光，便足够我热爱这世界。

那一眼的光影

七月，旅行至双廊。傍晚独自在洱海边行走，但见黄色的曼陀罗花开在街边，挤挤挨挨；闪烁在黑夜的灯火，连绵却又错落，如同星星。我像个失心的人，所有一切都像是背景，内心愈发寂寞。

走在我前面的两位老人像是来度蜜月的。我不免想到自己的母亲和父亲，眼角含泪。不知道为什么会这样，怪怪的感觉，不像是感动，更多的是委屈。

起风了，海面微波起伏，一层一层皱起涌动。海的尽头处，夕阳沉在山后，给山镶上了金边，仿佛山那边是另一个世界，那里的光亮也是另外的光影。而近处的山，全黑了，山下的房子也成了灰白，整个世界都沉静了。

几时起，我会对一些陌生的事物有这般情分。我不记得了。它们可能会是沿途遇见的一朵花、山涧的一弯水、田间的一畦菜，又或是哪个认真干活的匠人。兴许是我对熟知的人事倦怠已久，而这些遇见让我鲜活，积蓄成支撑我前行的力量。

那日行走在双廊村巷，沿着青石板路向前，有个纳西族男人蹲在三眼井边剖鱼，他的女儿在玩水。“水不是用来玩的，知道吗？”他说得很轻、很温柔。小姑娘三岁左右，嘴里不停地问：“你说什么呀，你说什么呀？”手却是一刻也没离开水。父亲提高了声音，并无斥责，却也是摆明了要让女儿知晓其意的执着。

在纳西族人的心目中，水是吉祥之源。纳西东巴文化和民间的传统祝福语中，都少不了说“愿流水满塘”这句祝词。想必，父亲是想告诉女儿：怀着敬畏之心去对待水。

原本只是不经意的侧目所见，也只是平凡生活里的某一刻，为何会让我着迷，甚至驻足呢?

只是粗浅的生活，却怀着真心去过，不焦虑，不怠慢。原来，是他们的态度吸引了我。

暑气在双廊是留不住的，群山的风吹走了它们，洱海的凉浸润了它们。傍晚的风吹在我身上，有种说不出的舒爽。我起身沿着麻石路、青石路往前走，木条围成的栅栏，让石屋呈现出柔美的风情。再看木板铺就的水渠上的小桥，两边拴着铁链，而铁链又拴在粗壮的木柱上，又仿佛回到了江南水乡。显然这里没有江南的秀美，可细心的你一定会发现，这里的朴实是一眼看得见的真诚，像蓝的天、白的云、清润的溪水、石木的自然。

有人说双廊才是上帝遗落在洱海边的美梦。我情愿一直在这梦里不愿意醒来。你看，白日，清爽的和风下，游客或居民坐在洱海边，享受着古城慵懒的氛围。傍晚，行走在海边的人，越来越多。我躲到僻静处，倚在一棵榕树上，看向前方，目光越过南诏风情岛，投向远处。无法再向前了，苍山被夜色笼罩成屏障。我转而望向天空。

好美！我几乎要喊出来了。看着那片云，如同与知己那般对视。云，成叶状，没有一丝杂质，悬在空中，沉静得如同墨玉。而天空，像块淡蓝色的幕布，衬托它，成就此刻的惊艳。

这等喜悦，我自然懂得。

王朔一定是喜爱如此“光影”的，不然他怎得“念念不忘的都是惊鸿一瞥……从此不知下落。”那般自然，无须争宠，亦不必献媚，只在恰当的时候表达自己。于我，只是那一眼的光影，便获得了这般心思，足矣！

从大理客栈出来

从客栈出来，雨滴在屋檐下发出粗重带些浊的声音，滴在桂花树上是带些清脆的啪啪声，顺着爬山虎枝蔓往下流的声音是细软的。那些窝在青石路上的雨折射出水的万千幻象，而客栈的两只猫一心想从幻象中寻找些什么似的，扭成一团，倒在雨地上，并不讨人嫌弃的样子。猫原本是乖巧的，有了主人的宠爱便多了些放肆，一只叫小灰的不时顺着我的裤腿磨蹭我，另一只叫小火车的正攀爬上我的毛衣，试图钻进我硕大的毛衣口袋。雨让大理古城起了寒意，昨夜我窝在被里的脚也是凉的，搓揉了一会儿才有了暖意。想到这儿，我索性抱住了它俩，温暖的其实不只是它们。

客栈的前面有曼陀罗花，我不自觉地在心里描绘它们：花妖异，果多刺，如苍耳，类蓖麻。放眼看去，一大片绿茵茵，点点白花。父亲离开我的那年，我在一个偏僻的山村误食过曼陀罗花，不过很快就吐了出来。唯一的记忆是舌头、口腔完全失去知觉。那时，我多么希望脑子也失去知觉啊。

该往哪里走？我站在客栈门口左右张望，左边，看到“爱你客栈”，右边是“我在这等你客栈”。恰逢一对老人相扶走来，男的说：“路滑，踩踏实。”女的说：“不怕，我牵着你的手。”泪，瞬间充盈我的双眼，像有人悄然打开了水闸。水，本是蓄在心里的暗流。平常日子里，它们总是干涸了般，挤不出一丝潮意。为什么会这样？我时常把这件事当成一道逻辑推理题——执果索因——来寻找造成自己这般的缘由。源头在哪儿——父亲走后，我就这般了。每每想到他弥留人世的最后光景，想到他骨瘦如柴的躯体，想到他没有合上的双眼，想到他灰白色的面容，想到他嘴角的白沫，想到从他喉间流淌出来的暗黑色的血。我知道，在我们暗自流泪的日子，在我们无声哭泣的对视中，我，或是他，都深深体味了什么是无奈。人世间的无情或有意就在这样的状况下生出切肤之感，也是最深刻、最真实、最直白的体味。

看着迎面走来的阿婆，年过六旬的样子，揹一筐用塑料裹实的东西，不是一个，三三两两，前后排成一队。她们是古城的驼子，运送是她们谋生的唯一存在方式。可人人不都是这样吗？作者运送文字，医者运送疾患，歌者运送曲调，旅者运送脚步……

雨，让街道变得异常宽阔。不知从何处涌出的孤独钻进了血管。我努力去看周围的事物，看行走的人。仔细地看本地老人在路边小摊上卖用牛奶炸出的乳扇；三两骑单车的本地人，正给客栈、厨房送菜送水；零星推着行李的外地来客显出些许欣喜与恐慌夹杂的情绪。看上去，这古城雨巷就这样完全属于我了。我有些恍惚的确幸。可是，人呢？嘈杂拥挤的人呢？几声从民居小窗里飘出的音乐，是关于爱情的，带着些凄美，在风中飘荡的柳枝仿佛听懂了，带些叹息的摇摆之意。所有的老宅小院，此刻真的清静，坚守岗位的只有一列原木色木牌，用桐油泡过，上面写着：住房、咖啡、红酒、茶饮、书吧、小憩、人民路 456 号，还有门口的铜钱草、竹节草。

我沿着种满火龙果和三角梅的街道往前走。在巷子的深处，在一株古老的榕树身上，看见交错盘缠的树根被涂成五颜六色。听到有人惊叫时，我确信我和发出这惊叫的人一样，以为那些缠绕在一起的是一堆伸着头向他们爬过来的蟒蛇。有人在叫“胆小鬼”，我一边说着“这有什么好害怕的啊”，一边慌忙地往人多的地方走去。

沿着道，一直往前走，能走到洱海边。我看见一位中风的老人，拄着拐杖，踮着脚尖，在原地踩着碎步——至少当时我是这么判断的——待我整理被风吹散的刘海再看他时，却发现他像一辆失控的小车般往前跑着。我也像失控般一个人奔跑着扑进海里。可有人拽紧我，说，小心点。

我看着面前长者微笑的面容，像是突然从一场梦中醒来。回头遥看我走出的那间客栈，它早已隐没于古城。我为什么独自来到了这里？告别。对，我是来告别的，这里并非有我牵挂或不舍的人，我是来这里和自己对话的。一个人的旅行有时会让孤独加倍，却也能愈发清醒，能看见不曾看见的自己，或是不曾体会的软弱，或是难得的骄傲。

像是一种灵魂的召唤，又如同一种契约，在躯体呈现出极轻或极重的状态时，我总是选择来大理，既获得小城的安然，又享有旷世的清静。这般简单，又这般超脱。

美丽的哈尼梯田

从玉溪出发，途经通海、建水、个旧、元阳，终于来到了元阳新街镇。

说是镇，其实是原来的元阳老县城。县城搬走了，就以镇称之，可规模到底在。

我们到达镇上已是黄昏时候，夕阳把金色的余晖洒下，到处都显得温暖、亲切。趁着这夕阳无限好，我们赶紧来到了离镇上不远的一处小梯田。虽然只是一处小梯田，可到底是缓解了我对梯田的仰慕。期待明天日出时，我站在万亩梯田之上，一睹它的气势。

夜幕下的新街镇，让我仿佛置身于一个浪漫而又宁静的欧美小镇。一条贯穿整个主城区的青石板街道，一座座依山而建的房子，一丛丛种在房子上的花花草草，一个个穿着哈尼族服装的姑娘、大妈们在半山上的一个广场上跳着属于她们的舞蹈，朴实而不失纯美。隐约听到的各种鸡鸣狗叫声，让夜幕下的新街镇多了一分生动。

出于好奇，我踏上镇上的青石板路，似乎想寻找点什么。

路上行人不多，街道两旁的小店，没有喧嚣的叫卖声。路边唯有一个小烧烤店，老板是个仔细人，东西样样摆得整齐，不紧不慢烤着的小吃发出诱人的香味，我突然很想尝尝这里的路边小摊。味道还真是不错，返回来时，我又要了五串鸡翅尖，便宜得让我都不好意思。

这么宁静的一个小镇，完全不似我去过的别的貌似很出名的小镇那般喧嚣、嘈杂，以及有没完没了的揽客声、宰客声……

偶尔遇到一两个外国友人，感觉法国人比较多一点，想想也是的，法国人喜欢浪漫，而这俨然就是一个充满浪漫气息的小镇啊。

次日，我清晨五点就起床了。晨风真的很寒冷。一路上看见不少赶路上学的哈尼族小朋友，一看表不到六点，推算他们可能五点多就要起床了，这山上的孩子上个学也不容易。

我们的第一站是多依树梯田，赶到多依树梯田时，天边才刚泛出丝丝的鱼肚白，山间的梯田也只是依稀可辨。等待了一会儿，从山那边射出了万丈金色的光芒，一轮带着金边的红日出现在眼前，阳光投射在身上，寒意顿失，温暖如棉，我很享受。

远眺，万顷梯田，淋浴在阳光下，大气、壮美，心中除了震撼，还是震撼。

一路上，相伴而行的还有一个来自法国的老外。真是书到用时方恨少啊，我搜肠刮肚，好不容易才挤出几句简单的英语，靠着手势、电子翻译，我们才得以交流。

是什么吸引了这位法国友人不远万里来到这西部小镇呢？

从唐朝至今，历经一千三百年，哈尼族人民用智慧与不屈开垦出了这样一片震撼全人类的生命之田。

是的，这不只是给予哈尼族人民生命之粮的梯田，更是哈尼族人民智慧与勇气并存的杰作啊！

我想这大概就是它吸引人们神往的巨大魅力吧！

接下来我们又看了几处梯田，一次次的惊呼，一次次灵魂的冲击，我感觉看到的不只是眼前的美景，是什么呢？为什么我的泪不由自主地流了出来？我仿佛看到了无数哈尼族人民，他们挥舞着镰刀，辛勤劳作在这梯田之间。那弯下的腰，那挥洒的汗，还有那嘹亮的歌声……我喜欢这些，因为它们能让我更加直接地感受到生命的力量，感受到真诚，感受到创作蕴藏的魅力。

朋友，倘若你想出去走走，不想繁华，不想喧嚣，却又想寻找点触及灵魂深处的东西，去红河州元阳镇看哈尼梯田吧，那里还真是不错！

此心安处是吾乡

朋友常常羡慕，说我无论到哪里，都能收获美好。

看着我从千里之外的黔边小镇归来，无旅途劳顿之苦，反倒看起来更加年轻，笑颜里仿佛还带着他乡赐予的甜美。她问我：“现在的古城应该不是十年前的模样了吧？”我却坦然答道：“心安的地方，便是我的故乡。”

远远看去，我以为到了凤凰，以为那河是沱江。走近了，看真切了。把头摇得像个拨浪鼓，连连说，不是，不是！

眼前的古城是镇远，舞阳河穿城而过，挂着红灯笼的青砖房林立两岸。而垂柳是南岸的风光，树下有石凳，人们散坐于此，身上微风拂过，眼前清波荡漾。这份惬意是送给我的吗？我从炎热的长沙来到这儿。我的头发被风扬起，发际滑过面颊，浑身自在安宁。

麻石路，顺着它往前，那个画像是我吗？我错过了巴黎街头的艺术，错过罗马艺术广场那些让人钦佩的中国画家，却在这里，让埋于心头的念想——想要一张自画像——成为现实。不是这里的街头更美，不是这位画家水平更高，是镇远的神韵，让来了的人安于此，惬意于此——不要着急去赶下一个景点，不会因为酷暑让你想逃离眼下。仿佛去哪里，看些什么，都是多余的念头。

街头没有吆喝，河道边没有嘈杂的音乐和叫卖。这只是他们的生活，你来或不来他们都生活在此。北面河堤上的阿妹，端一盆洗脸水，倒入河中。不要大呼小叫，这就是他们的生活。河水可用来洗菜洗衣，河水也能带走他们生活的污垢。儿童光着身子在河里戏水，渡船从河这边划到那边，不停地往返。本地人和外地人都是渡客，一样的招呼，一样的价格。这般亲切、自然，让你不觉得自己是外来游客，而是回家，是去河对岸探亲访友。自然，这是镇远人的厚道与朴实。

夜晚，河两岸，灯火排列如天上的街市。北岸的小伙子将锣鼓振得惊天动地，南边的姑娘们将歌唱得情意绵绵。他们或喧嚣或深情，都因为水，而呈现出水的某种状态。

水，自然是这里的主角，无论白天还是黑夜。乘船游览的人把手伸进水里撩拨，将荷灯放入水中，这一切都是美好的。水在此刻也成全他们心中的美好——某个思念如水的女子，某份似水绵长的情分……

那只搁在岸边的小舟，形单影只，却透出些让人遐想的神韵。那个撑舟人，一斗笠，一蓑衣；那个乘舟的女子，一袭白衣，一头青丝，成就一个梦，一份念想。这些自然是美好，却也是因为水。

被鸟叫、鸡鸣唤醒，已是次日清晨。站在舞阳河边，看着古城原本的样子，真实，清纯，不由得想到含羞浅笑的少女。青草随水摆动，鱼儿畅游其间，微风吹皱水波，凹凸出波光粼粼。我独自行走在河边，回忆昨夜这里的繁华和欢愉。此刻静了，垂柳也似乎知晓，它伸出的枝蔓更长，叶冠更阔。而青山，耸立在古城后面，守候是它的使命。从黑夜到白日，它们见证这里的人来客往，繁华与孤独，却静默如初。

昨夜醉了、倦了的人们，此刻还在梦里。前面有两个八旬阿婆，甩手，拉些家常；屈腿，爽朗大笑几声。遇见熟人，说声“早得很”，步子并不停下。脸上的从容是我熟悉的家乡阿婆的样子。她们不需要匆匆赶去跳广场舞，也无须急急奔赴下一个旅游景点。更不需要向他人证明，自己上了老年大学，参加了合唱团，报了夕阳红旅游团。

桌子歇了，椅子也歇了。河边的门店都挂着锁，留在木椅上的那盘圣女果，是昨夜的光影。而三角梅、那个在河边浣洗的女人、垂钓的男子、打捞水藻的工人、练太极的老人，他们都早早醒了。

那个站在窗口梳理的女人，面前盛开着绣球花、天竺葵……粉红、梅红、大红，这是小窗小户的情趣，却透出让人羡慕的闲情。这样的闲情别处也有，这样的古城也不罕见。这样背靠青山，前有清流，却不多得。更难得的是，你所见所遇的就是平常的镇远。它的烟火，并不刻意为等待你而升起，人们的自在是平常日子浸润出来的。而我来到这，如同回到故乡，如同看见故乡的山和水；人们脸上的微笑和谦逊也如故乡人那般亲切、自然。

这里总归是不一般的。你来，便知道了。

且偷闲，不妨身在镇远

站在舞阳河西岸的客栈阳台，看向祝圣桥。那阁，很抢眼，叫魁星阁，立在桥的第三孔和第四孔之间。阁身八角攒尖翘向天，仿佛夸耀时伸出的大拇指。理当骄傲。因为这是明朝的状元楼。恰逢高考刚过，有高三学子排列在楼前留影，他们大声喊出："祝你金榜题名！"又仿佛在说，未来的日子，他们来了。喜悦自心底溢出，铺展在年轻的脸上如同春天新生的枝芽。声音很快消失，而时光定格在那一刻成为永恒。

河对岸那群女人，她们甩起手臂往前走的姿态甚是让人羡慕。从她们身上流淌出的那股劲，类似于朝气，却又有历经风雨后向美好生活致敬的虔诚。不喧嚣，也不焦躁，踏实生活，让幸福成为幸福，让光阴焕发出一种淡定而从容的气质，这是属于镇远的安详。

不同的人来到这里并喜欢这里，假装自己生活在这并拥有这里。可他们过于在意眼前，拍照，摄像……只想带走一切，不需要证明，看一眼，就能让他们区别于本地人。那种“你来或不来我都在这里的淡定”是匆匆来到这里走一遭的人无法伪装出来的。

能在这里住两晚，已属奢侈。选择靠江的小店坐下，吃一碟葛根粑，来一碗豆花，或是品一锅酸汤鱼。正是黄昏，对岸有男孩唱出民谣，声音纯净、温暖。有如春阳下慵懒的姿态，却又分明让人看出希望和潜伏的力量。

真是好时光！朋友感叹，我会心一笑，感觉自己瞬间拥有人世最美好的光阴，而我们俨然是光影中的幸运儿。

正是端午时节，不需酝酿，雨就从天而降。有男子在祝圣桥上跑步，步子轻松洒脱，仿佛雨浇在他身上是一种润泽，又仿佛他的幸福融于此刻被雨水洗刷过的山水中。河里的水涨至岸边步道，让欲图沿河行走的人生出懊恼。河边偶有休息坪，或宽或窄，寻木椅坐下，风从对岸山上吹来，穿过河，拂动杨柳，煞是惬意。

坐在临江的餐馆，几杯酒下肚，话就多了。原本藏好的心思，也成了下酒的佐料，不曾听到或不曾打听的光阴顺着心意一一滚落出来。突然的击鼓声将我们从心思里拉出来，我们的目光被几十条汉子挥动手臂的美态吸引，来不及感叹，船如梭飞离而去。后天这里要举行龙舟赛，店里的小伙子告诉我们这个消息时，能听出他语气里的骄傲。这一定是个重大的节日。我并不为此而来，甚至常逃离这样的热闹。但在此刻，凉风从山上吹来，借着酒劲，就猛然觉得，这人间的欢喜看一看也无妨。如同它们原本就是舞阳河的一部分。

走进复兴巷，蜿蜒往无尽处延伸的青砖墙，苔藓爬在上面映衬灰白交织成岁月的颜色。从石头缝里爬出的蕨草，不知从哪家院子飞出的公鸡鸣叫，沿着黑瓦往墙根爬行的雨痕，所有这些构成这里的光阴。

多美的凌霄花啊，它攀缘墙头是想炫耀自己吗？不，你一定会惊喜地反驳，是它，让这清幽的老巷焕发出青春的气息。而我犹喜院门前、墙根处那排列成行的鲜绿或新枝，正是它们，映衬出老巷的安详。也正是这些区别于俗世的意味，吸引人们不远千里万里来到这里。我倚着墙，脚下的麻石板上有黑白凹纹，仿佛密集交织的脚印。呜呜呜……对岸山脚下传来火车长汽笛声，送走或迎来的人将光阴交付这里。就像此刻的我。独处巷道，以为落寞、孤独，却又分明能看出光阴里的热闹与欢喜、忧愁与思念。

停留在石阶上有些久了。往前走去，推开门走进小院，手工豆花，院子里有大姐在清洗家什。“有豆花吃吗？”我问。她说家里的豆腐都是手工磨出来的。今天因为忙没有开工，明天早上四点起来磨豆腐、开浆，七点多就可以吃了。她蹲在水槽边，一边洗钢锅一边和我细说这些。钢锅洗得亮堂，她说吃的东西一定要弄干净才行。我说明天来吃噢。“好哟。”她并不多说话，也不刻意挽留什么，像和邻家寒暄，我的来去也就自然了。

这般自然，是我喜欢寻访老巷的原因。从这条巷走到那条巷，从东边院子走进西边院子，累了找处凳子坐下来，吃不吃东西都没人赶你走，仿佛默契在初见便生成，是他们的善意与纯朴成就此刻的光阴。

放学回家的小孩，七八岁的样子，爬上窗。他怎么也扯不开窗户。我上去试图帮他。他说窗户从里面栓了。还说窗户里有钥匙，这原本是他和父母的默契。可今天意外打破。怎么办？我着急。男孩嘿嘿傻笑两声，便掏出书和作业本。不惊不慌，不吵不闹，不怨不怪。如此懂得，让我意外之余，又难免感叹：原来，对于孩子的养育，过于关注，就是成长的牵绊。

这是镇远，有占地 960 平方米的百年老院，有“早四两、晚半斤，死了还有杨茂兴”的美誉流传于世，有典型的“歪门邪道”建筑，有世上仅存的五层镂空金丝楠木雕刻古床……可它安详如此，就像光阴不曾来过，可你分明能听出百年老巷的墙缝里发出的声音，那里藏有一千万个故事，或喜从天降，或生离死别。我喜欢这麻石路，这青灰色的墙。这一砖一瓦，一花一草，它们并不稀奇，也不独特，却正是这样亲近自然又不刻意献媚的姿态独具魅力。

且偷闲，不妨身在镇远。来这儿，走进这小巷，不需言语，却又与千万人对话，与千万事相逢。这，便是获得。

小渠流水人家

桃坪羌寨

在羌寨，石头代替了水泥，铺成地，砌成墙，堆成柱子，磨成石墩、石缸。缸不仅用来存水，还雕有羊头架在渠口成了过水的装饰。

石墙呈现麻灰色，夕阳下显得沉静，晨曦中透着光亮，像埋在沙里的贝和珍珠，一经阳光相撞，光泽便闪烁着，无处藏身。

而水渠的光泽，是无论阴雨晴阳，都自然在的，青色与白色交替。青色是万物赋予它的，而白是拥有的本真。无论前者还是后者，都令人欣喜。能不欣喜吗？这光秃群山之间，没了苍翠的绿来遮蔽泥石裸露的山体，便会让人生了些苍凉和对某些灾害的恐慌。

寨子里有老人告诉我，水渠不仅是水道，还是人道。多年前，这里抢夺战事不断，为了求生。寨子里有智者想出了这一招，水流得通，人便走得道。

水渠是留住了的美。那场灾难夺去了无数的生命、无数创造美的使者，可有些美终究无法夺去。各种力量汇集在一起，重建让这里不仅记住了曾经的美，更看见了现在的美。

我坐在水渠边，淡蓝的天空，堆积的白云堆，像成卷的羊毛。我想到那些木窗上雕刻的羊，它们和这流水一样，构成了这里的永恒。我想，我明白了，他们一代一代坚守这片土地不弃的原因。就凭这生生不息的小渠流水，谁又舍得呢?

桃坪羌寨是一个适合慢慢行走的地方，明亮的阳光下，游客或居民坐在水渠边，享受着古城慵懒的氛围。

一个适合慢慢走的老寨，摸摸石墙，听着流水声，逛逛老街，不像在旅游，仿佛在回忆，在发现。

羌寨的独特风情离不开水。蜿蜒的小巷，流动的清波，穿梭在寨子里的青石板路，连接起这里的大小石屋。桃坪羌寨，因水而灵动，上天将眼泪流在了这里，却让它更加晶莹和饱含柔情，好似一条漂浮在人间的祥龙。

水磨古镇

一双白鹭从河对岸的树丛里飞出，水流成帘，像眉，如睫，挂在河堤边。而这岸的树丛里，知了将叫声织成帘。

这里没有高楼，如同没有焦虑的面容。

巨石堆在河中，水扑在它身上，形成更大更急的浪花，如同一个个性十足的少年，总想打破平静与彰显个性，仿佛这样就能形成反抗的力量！

同行中有个十四岁左右的女孩，她随口唱出："玫瑰彰显个性，长出刺扎伤人；我不是玫瑰，却有刺，必然讨人嫌。可我为什么有刺，只是不想成为鹦鹉，亦不愿随波逐流。"没有人问这歌的来处，或许只是她随口一唱罢了，只是千真万确，想唱歌的心情在此处生成，甚至激发出创作的灵感。

原来土豆可以擂成糍粑。煮熟的土豆，倒进石臼，擂成糊状后粘在一起，形成强大的磁力，仿佛要把我吸进去，进入另一个世界，与它们粘在一起，成为没有个性的我。

挂在屋檐下的藤蔓，它们的根系埋在棕皮裹就的圆锥形容器里。这样，不与塑料铁皮瓷瓦相关，算是独特的风格。而赋予它个性的是这里干爽、阴凉、日照强、多雨的天空。

水磨古城，同于大理、丽江，有麻石路、有碑楼、有牦牛肉、有绣品、有珠链。有如织的游人、有闲散的神情、有艳蓝的天、有洁白的云。可它又不同于它们，它有浅浅的水渠，四季清水长流。古城里人们喝的水和渠中流的水都是山泉水，那份浸凉，把脚伸进去，凉浸到了骨头缝和心尖上。

小渠流水人家。在我的故乡，也曾经有过这样的美景。

记忆从光阴那端走出来，童年在家乡小渠里嬉戏的那双脚，仿佛就在眼前。偶有游人擦身经过，不知他们是否和我一样，在这里遇见童年，回到故乡。

石　屋

走进川西木卡村，但见，石铺的路，石垒的篱笆，石砌的墙。一切与石一样沉寂。而我沿着石路，上上下下，爬石级，走石梯，沿着石墙，一户一户去寻找。透过一堵半人高的石墙，我听见了老人的对话声，顺着声音爬上一级石阶，推开半掩的木门，见到两个老人，他们是木匠。一个老人告诉我，这是老村，年轻人全搬到山下去了。另一个老人用不屑的语气说："他们不喜欢住这石屋，我还偏爱这里，冬暖夏凉，要多舒服有多舒服。"

我没住过石屋，却一见心生欢喜。这份喜悦里有无法诉说的情绪，仿佛与永恒有关，与不离不弃、新旧如一有关。可世间真有永恒吗？年轻人抛弃这里，有的去了他乡，有的在山脚下建了青砖房。老人们守在这里，守住属于他们的光阴，可他们终究会离去，终究也守不住永恒。

庆幸的是所有空无人烟的石屋并无破败感，挂在门上的铁挂锁，想挡住谁呢？是往者还是今人。我不属于这儿，只是过客。我陡然心生悲凉，仿佛整个身子凝固成了石头。这里的一切那么美好又那么空寂，与此刻我了无欲望的心态那么契合。

与那栋傍山而建的石头垒就的城堡的相遇，与那个老人的相遇，让我又恢复了自然的喜好。老人告诉我，他十七岁开始建这石屋，花了几十年光阴才有如今的模样。他说，当年十七岁的他和十七岁的妻子一起，一块石头一块石头挑上来垒成现在的样子，还在这里生下了四个女儿。

房子在，妻子去了遥远的地方。那里兴许有别的石屋，兴许她在那个世界垒出了她的石屋。可到底是与大叔成了阴阳两界。

房里挂的吉他和摆在窗下的电子琴，成了道具。沉寂的房间里什么声音也没有，又似有千万声响：四个女孩的追逐声，女人的呼唤声，烧柴煮饭声，爬梯时的脚步声……吉他上有了灰尘，萎暗着挂在背光的墙上，电子琴放在窗前的木桌上，形成一明一暗的对立。

老人告诉我，他年轻时喜欢弹几曲，吼几声，现在不玩了。那时他的喜欢是真心喜欢。筑房子、养娃的艰辛扑灭不了他想表达心中那份欣喜的愿望。再忙再累，夜里晨间，有些不一样的韵味从胸腔里浸润出来。而现在的不喜欢也是真心的。仿佛曾经的熊熊火焰，一夜的篝火之后，火光埋进了灰烬，温度在，而那时的火焰却再也燃烧不起来了。自然，我明白他的心空了，再看万事万物就没了光彩，连铺在脸上的神色也是对光阴的敷衍。

“我老婆受苦了哦。”说这句话时，老人脸上神情依旧，可我看见了一些闪烁的亮光，从他眼角流露出来。那声长叹，伴随惋惜，带些无以复加的悔意。仿佛一切才刚刚觉悟，却旋即成了追忆。

站在石屋里，听见的，除了山上不时传来的乌鸦的叫声，哑哑的，只有空旷苍劲的凄凉。知了像是被驱赶着，叫声密集成了光影的背景。

这些都不算，因为能落进老人耳中的，只有一种声音——城堡四周像裙带样环绕着水渠的流水声。并不喧闹，仿佛老友的体贴或是爱人的抚慰。除此之外，其他一切与石一样沉寂。

掠过屋里各处，老人的目光依旧，所有一切埋在心里。唯独告别时，才发现他的不舍和眼里的落寞——他送别四个女儿先后去读大学，他送别妻子去另一个世界，他送别人来车往，送别所有一切，包含眼下的我们，一切都只是过客。唯独一人——他那十七岁就嫁给了他的妻子，停留在他心里，活成永恒。

眼前如此，世间大抵也是如此：坚硬的石头，原本是没有温度、没有情分的。而眼下，爬满石屋的花花草草，屋前屋后的葱茏，是从相思里渗出来的心思。这样，石屋承载的相思也就成了永恒。

石　楠

好像一群闯入者。街道两旁的石楠，看它们披一身洁白，花朵密集得把树冠裹成了雪球。“有气势！”我沿途观看它们，脑海里一直想着这句话。

我对石楠的喜爱原本是跟它与世无争的个性相关。想起去年在老家过年，不知是瞬间的冲动，还是受某股潜伏在身体深处的力量驱使，我独自去了山上，去寻访童年的足迹。

走进大山，看石楠冒出的嫩尖，颜色形态如初生的婴儿。我一时怜爱，起了贪心。折回几枝插在瓶里。家人笑我，不娇不媚的，这有什么好看。我没有为它或为自己辩护，心想，我喜欢它是出于自然本真的喜欢，又何必在意他人的观点。如是，又何必多费口舌。我什么也没有说，却如同一个怀揣秘密的人那般发出会心的笑。

要回长沙了。看它们立在那儿，色泽依旧，我不忍心就这样和它们告别，于是用报纸裹着，将它们带回了长沙，插在我最喜欢的瓷瓶里，放在书房。看书累了时，看它们一眼，心里竟生出温暖。总觉得它们好似懂得我爱惜它们的心思。也因此，再看它们时，多了一些独特的意味。又或是，因为知道它们的来处，能细数它们和我一路相伴的光阴，所有这些都是它们和我之间的交流。

真是没有想到，它们竟然陪伴了我近两个月。石楠生命本真的韧性折服了我，而这是我不曾知晓的。

而对石楠花的认知，与一个人尽皆知的爱情故事相关。据说杨贵妃被赐死在马嵬坡，玄宗掩埋爱妃后，往蜀中而去。途中，走进一座寺庙暂歇，禅院里有一棵石楠树，树上开满了雪白的五瓣花。玄宗觉得这花开得美丽整齐端庄，想起杨贵妃来，便称之为“端正树”，代表着爱的纯净与坚贞。

这并非我最初对石楠喜爱的原因，亦不会因此而加倍关注它，我对它的爱与敬畏，正是因为这两个月它对我恰到好处的陪伴。

从二月到四月，宅在家里的时光是细屑的。一时在厨房，一时在洗手间；一时煮粥，一时熬汤。这样细碎、单纯、清静的日子，就像石楠那细小而白净的花朵，自在而幽香。不觉度去两个月有余，除了去社区超市买菜，除了清明去山上看望父亲，我几乎足未出户。而在日日流水的时光中，那棵石楠，一直那样静默地陪伴着我，用它的坚定，用它的从容，用它的端正。

四月十三日这天，读高二的女儿终于又能上学了。在她欢呼雀跃的同时，我也有一种失而复得的轻松，觉得一切又可以重新拥有了。比如来去自由，比如远足，又比如去看一场电影。我开车沿着熟悉的街道向前，我不知道要去哪，或许我只是想看看它，看看生活在这座城市的人，看他们脸上的欢喜或悲伤，看他们匆促向前又或是轻松行走的姿态，看所有人真实生活的样子——我的心从从容走向奔放，如同这春天的气息开始盎然起来。

而石楠仿佛也有和我一样的心思，在我穿越的城市空间里，它们铆足了劲儿，将积攒一冬的力量呈现出来。它们一路欢歌，沿着城市的街巷，向所有人致敬。又好像在说，你好！你好吗？

我习惯了石楠的孤独、寂寞、威严、庄重，不习惯看到它如此热烈。可为何我还是会怦然心动？或许，是因为它绽放在四月的长沙，花开成团的样子，如同一颗激情满怀的心。又或是，它积极表现的样子，如同一个平时并不多言的好友，一下子将内心的话倾诉了出来。而我想说，石楠，无论你默然相守，还是热情奔放，我都视你如知己。

不承想，石楠花盛开的样子会成为我眼中这座城市的盛景。我庆幸过年时回了老家，庆幸我走进了大山，而我与石楠的情分也就在这一次次的相遇、相视、相守里。我想，人与自然的情分大抵也是这样吧。

遇见木棉

那些通透的挂在枝头上的红硕吸引了我。不艳不俗，却分明带着一些惹人注意的招摇。起初我以为是红色的玉兰花。走近，才发现相似的只是花的大体形状——都是立于枝头，花形硕大的样子；不同的，除了颜色，更多的是花瓣的组成与排列方式。这些红色的硕大的花朵是什么花呢？我抬头望去，那阴云密布的天空，仿佛成了映衬它的黛色的背景，使得落入眼里的红硕更加耀眼。

我和这些红硕的花朵之间只是偶遇。我来广州拜访友人，走错了地铁出口，接我的人正在着急，我得顺着眼前的路走到前面的十字路口。对街有些东西吸引了我，明明要顺着路前行，可我却顺着另外的白线横过了马路，抬头看那些高高挂在枝上的红硕的花朵。我仿佛早就认识它们了，却又叫不出它们的名字。向过路的大姐打听，她告诉我，是木棉花。

木棉，我吃惊得差点儿叫出了声。有种他乡遇故知的惊喜。是的，我们早就认识了，在我的某部小说里，我写到了木棉。我是怀着景仰与愧疚的复杂心情写的，因为我并没有在生活中真正见过木棉。最初对它的认识，是在舒婷老师的《致橡树》中的一些句子："我必须是你近旁的一株木棉，作为树的形象和你站在一起……"后来我在小说中塑造的女主人公形象，用到木棉时，还是因为它的花语：珍惜眼前人。

三月是木棉的盛花期，而我恰巧在这三月的时节来到了南国，那满树临街而立的木棉，没有一片绿叶衬托，整个树冠鲜红斑斓，像燃烧着的火焰。即便此刻阴雨绵绵，它依旧笑傲高枝，毫无掩饰，没有哗众取宠，没有矫揉造作，以它特有的个性，开出自己独有的风采，绽放那最灿烂的容颜。

那些红得像火的花朵，一阵风吹过，就有可能跌落地上，败落成任人践踏的残花，可它又何时因此懈怠挂在枝上的灿烂呢？就在我沉思的时候，接二连三的木棉花从我眼前飘过，没有散掉一片花瓣，落在地上时竟然完好如初。像经历呕心沥血后的沉重叹息，也像长大后离开母亲时毅然的诀别，就那么一转身，无声无息。那是一场多么美丽的告别啊，却又似乎带着些英雄般无畏的气概。是的，木棉花又叫英雄花。也许是因为花的色彩像英雄的鲜血染红的，也许是它躯干呈现出的顶天立地的姿态、英雄般的壮观。而我更愿意相信是它的气魄——树上没有一片叶子，花掉光后再生叶子。这般赤诚，难道不是一种气魄吗？

看着那些挂在光秃秃的树枝上的木棉花，我仿佛听见它们在对我说，并非所有的好花都需要绿叶衬。这让我想起同学小聚时的闲聊。A说，她突然不再像以往那般，去哪里都想要人作陪。除了可以独自跑步、爬山、散步，她甚至可以独享一朵花的美丽，她很享受这个过程。B说，不知从哪天起，她突然可以安静地坐在家里练瑜伽，不再执着于练瑜伽就得去瑜伽馆，就得有同伴。我想她已经学会了独处，不只是这样，她安静了，她的心安静了。即便一个人，她也同样能感受到美好。

我又何尝不是如此呢？我在心里说。就像眼前的木棉，有没有人看，有没有人夸它漂亮，重要吗？哪怕最后归为“化作春泥更护花”，它照样年年开出红硕的花朵，年年灿烂夺目，即便没有一片绿叶衬托，你能说它不美吗？

前面的木棉树下，有一位老人正在收集刚从木棉树上掉落的新鲜花瓣，热情的她告诉我，木棉的花可以熬粥煲汤，花蒂可以泡茶降血糖。还说木棉从花到皮再到根，都可以当作药用，并具有清热解毒、驱寒祛湿、化瘀解痛等功效。我学她的模样，俯身拾起一朵木棉花，看着它唇形的花瓣，我想起家乡的泡桐花。可木棉花的花瓣相对泡桐花更加厚实，硕大的花朵饱满丰盈。我想这也是它从高大的树枝上跌落下来，依旧完好无损的原因吧。我看到当地有一些爱美的姑娘小伙，将捡拾的木棉花用绳子串起挂在脖子上，或者系于腰间，如同我生活的城市，人们喜欢将栀子花别在胸前或衣袖上那般。不由自主地，我把木棉花插在了胸前，我想，它的芬芳能润泽我一整天、一春，兴许还会是一辈子。

又见丁香

第一次去中日友好医院看病，本是陌生的。怀着陌生的心情去，打量陌生的面孔。其实，我有意选择这样的陌生。听上去，我在躲避什么。千万别多想，只是单纯觉得陌生的环境让人更自在。

可我在这里遇见了丁香。

遇见，是我看见丁香时的心情。本是脚步匆匆，一副着急离去的架势。突然，我脚步慢下来了，有些犹豫，不太确定是它。是它，就是它。不待请出识花君，我就在心里笃定。

缘分是命运的给予。这次给我看病的王医生是从长沙来北京学习的。他问我平时常住哪里，我说长沙，他说他也在长沙工作。多么难得的遇见。一个只想和陌生人打交道的我，竟然在这里遇见了家乡人。我一时恍惚，想到玉溪的张医生，我本以为自己只是一个患者，和别人一样慕名求助于他。没有想到，从陌生到熟悉，到成为挚友，到后来我以他为原型写成我的长篇小说《棘花》。

意象，是我用棘花来取代“金樱子花”学名的心思，我用它致敬不羁而坚强的灵魂。而它们灿烂开放在向阳的山野、溪畔、路旁、岩上的样子，和我第一次看到丁香花时的感受一样强烈。

加了王医生的微信后，在他的朋友圈看到了丁香。从他的文字描述中，我判断丁香就在这院子里，在我的身边。我并不想刻意去寻找它，可它来了。阳光下，洁白的丁香花开得招摇。一时，我竟然感受到久别重逢的喜悦。我打电话告诉一个北京本地的朋友，告诉她哪里可以看丁香花。缘由起于几日前的对话。她说，不知道怎么回事，这几天心里老想起小时候在家乡的事，尤其是那些细碎开在枝头的丁香花，如画般印在脑海里。也是奇怪了，这么多年，一直就再没有见过了。我清楚地记得，她说时总在叹息。那声感叹落在我心里，勾起一个中年人的乡愁。我像个孩子一样给她描述眼前的丁香花，语气就像我遇见了她的故知。

“你闻闻。”她说，语气平静。

凑近花瓣时我闻出了一股奇怪的气味。是忧伤吗？

丁香花是忧郁的。从前，有个男孩爱上了理发店的一个女孩，两个人在岁月中历尽挫折，男孩终于向女孩喊出了“我爱你”，可就在女孩露出灿烂的笑容时，一场剧烈的爆炸发生了，女孩去世了。这个女孩的名字就叫“丁香”。

想到那天，我开这位北京本地朋友的玩笑，说：“卖了你北京的房子，去老家过神仙日子去。”“那我就真完了，哪里都没有我的家了。”朋友说她没有故乡了，也回不去故乡了。说时她的语气平静，表情也寡淡，却又分明眼含热泪。我试图给她一个拥抱，本以为她此刻需要安慰，可她对我摆摆手说，已经习惯了。

习惯失去，虽然是我们现在时常要面对的人生变化，却也总是让人伤感。去哪里，居哪里，现在的人们有了更多的选择。朋友也是这种选择的践行者。可少时的记忆总是那般美好，这美好随着年龄的增长愈发显现出它的纯净与珍贵。历经跋涉的中年人，外在肉身与隐秘的心灵都挂满风尘，不由得在生活的空隙里回味，向往从前的简单。那些日子是定然回不去了，而现在又必然是无法抛弃的。这般对比、细究，也是徒增忧伤。“习惯陌生的一切变得熟悉，也习惯熟悉的一切变得陌生。”朋友说完这句话后，我们的通话也就结束了。

是啊，从前的美好是用时间堆砌出来的，人们可以在丁香树下虚度整个下午。我对丁香的记忆和故乡无关。犹记那年盛夏，在山西一个村庄里，在那些寂静的小院，在那些干涸的黄土山坡中，那树盛开的丁香花，一下就抓住了我的心。我坐在树下，独自待了很久。记得那天我穿着白底起碎花的细麻布拖地长裙，戴一顶亚麻色的翻边小圆帽，脚穿白色的板鞋。坐在树下的我，被一个旅行记录者拍下了，于是我也成了画中人。他说这样的不可打扰也是难得一遇。我和他是陌生人，可他遇见我，和我遇见丁香，似乎有着相似的熟悉。我微笑着说："谢谢你让我入了画。"那个坐在丁香树下的女子，其面部朦胧可见。只是一个意象，他在意的是这样的一个素静的女子，在这样一条幽静的石头巷子里，坐在这样的一棵开得热烈的丁香树下。像是呼应，我在意大利五渔村时，看着那群从海岩上往下跳跃的少年的心情也是一样。丁香树的静，五渔村海岩上的动，是呼吸，是人心向往的生命的灵动。更是人们行走天地想得而难得的遇见。

时隔十年，我站在丁香树下，好像某些情愫在这里得以呼吸。虽然区别于北京朋友的记忆，但我深知我们在意的本源相似：再细微的情感，只要你在意了，如若堆积，也能铺出天的阔、海的深。

又见丁香，它带我走进了时光隧道，有些事，又经历了一遍。

墙上的光

一出鲁迅文学院大楼的旋转门，光就粘上我的眉眼。“嗨，你好！”说出这话时，我站在原地，任光投在身上。热了，左边的身子对比出光给我的热烈。我总是想在这里多站一会儿，也总想像它般如此热烈。

光是一寸一寸爬的，速度有多快，我无法算出。我早上出来看着它落在楼前“鲁迅文学院”这石牌的“鲁”字上，转几圈回来，“迅”字上也爬满了光。光在行走，我也在行走，它追着我，我赶着它，不一会儿，它的样子全变了。大而阔、自然是它常存的状态。而我独喜它生长、跳跃、攀爬的样子。

人行道上，光透过树枝，落在地上，这里一块，那里一团。我听到欢笑，银铃般孩子的声音。早上七八点，它正是孩子。它任性、顽皮的姿态也是孩子的。我踩着落叶，追着光斑，也成了孩子。

墙自然是盛光的地方。那面墙，它总是幸运。光从东来，它不需等待，墙就全亮了。没有光的墙是青灰色的，有光的墙，又白又亮，也因此得宠。我早饭后散步至此，总会停下来和它合影。有时只拍它，或者谁也不拍，就这样和它站在一起。甚至想拥抱它，光是真心疼人，它立刻将我的影子落在墙上，让我和墙就这样相拥默守。那一刻的美好，是光给的，是光照射出我和它的合影。不需要冲洗，也不用拍摄，我的心为它留存。

西墙尽头的月季，迎着光，还在争艳，粉红、玫红、黑红。晴好的日子已有十日之多，它们尽情开放，样子自然妖娆。让我惊喜的是枯花的样子，它们与鲜花并排而立，并无年华逝去的落寞，自然收缩，默然静处。光是不挑的，它浸润这些花、包裹这些花，让它们依旧有着优雅的姿态。

墙是砖砌的，白色的粉末盖在上面，砖的形状还在。长长短短的爬山虎从墙那面翻越过来，垂在这边，一根一根，如同刘海儿，长长短短，并不突兀，看上去总是惹人怜爱。墙之所以惹出怜爱，自然与这轻垂的枝蔓有关。

这是秋日。秋阳是温暖的，它投射在墙上的光也温暖。看见这墙时，我心里自然也就温暖。这是秋阳赋予墙的光影，是光影赋予我的美好。而这美好，一旦有了，就长在了身上，成为永恒。

在鲁迅文学院学习的日子其实是不分周末与非周末的。一样的伙食，一样的宿舍，一样的相处人群，可时间是空的，你去哪里，看什么，说什么，听到什么，都是往时间里填充的东西。

早饭后，我独自一人在宿舍看书。越来越感觉读书是多么惬意的时光。在这里虽然独来独往，可我并不孤独，这401是我独自住的，可我知道，有众多师姐曾经在这里住过。去食堂的路，在校园散步的路，不管有没有人，我都不觉得孤独。

而那面墙，它独自立在那儿，既不喧嚣，也不寂寥，看往来的人，任由光影在它身上流走或停留。我对它有着独特的欢喜，如同看到难得的陪伴者。每天我都会到这面墙前，看着它，靠着它，什么也不说，却感觉出内心的充盈。这是什么样的相遇与获得。大抵那些挂在墙上的爬山虎和它枝蔓上紫色的小果知道，看它们欢喜在透亮的阳光下，笑得自然透亮，而我看它们的眼神自然也是透亮的。

这是怎样的感染呢？我只在乎我看见它们时的惊喜，这于他人兴许是不可理喻。可我感受到了这份喜悦。自然，我也就不再孤独与害怕。因为无论如何，这面墙都在这儿，也都能让我依靠。我们并不相约，也不刻意承诺。可它在我心里，就像我看见它时获得的喜悦一样，我在这里留下的光影便是沉浸在它身上的灵魂。

时光是无情的，一天一天，如流水般走了，可时光里的人，与时光相处时的光影是动人的。这光，有时从眼里钻出来，有时从嘴里跳出来，而更多的时候是从心里无声地流淌出来。它的神秘旁人根本看不到，你只能如同怀揣秘密的少年，站在墙边，笑意从眼角、嘴角流露出来。

这时若有人从你身旁经过，自然会问你笑什么，可你不说，只是笑，这笑就是回答，最好的回答。而光影是知道你笑什么的。你笑着看向眼前的人，他们在篮球场奔跑、起跳投掷；看一双人挥舞球拍，看白色的羽毛球按并不确定的路线飞舞；看人来人往，看他们在它面前停留。似乎这里有股魔力，经过的人大多会发出惊叹：在这里照张相吧，这面墙真好。

“侘寂”这个词，网上解释很多，诸如朴实、节制、冷瘦、寂寞、幼拙、枯萎等。侘，是在阴暗处照亮美；寂，是在破灭中寻找真。第一次见到这面墙时，它就带给我这样的美，也让我获得这份美。我感谢这面墙，还有这墙上的光。

茫茫大海之上，海浪并非成一条直线向我涌来，而是像一群舞动的天使手拉手向前。

和万物有心灵的交流，有深情的对视，万物似乎也因此变得多情起来。

所有人，所有其他的一切，包括天空、云彩，都成为这底色上的装饰。装饰是动态的，是流动的，是喜悦的，有打破的突兀，却也是自然成景成画。

面对一座座立于荒漠中的寸草不生的土堆，我竟然涌出一股无以言说的喜悦，这喜悦与感动相关，似乎还连带着爱情的坚贞。

斑驳的土墙承载了几代人的深厚记忆，穿行在这样的光景里，仿佛给喧闹的生活镀上了一层保护色，抚平了世代人的心。

世间万物清静的时候，亦是万物蓄势待醒的时候。

辑五 人生缓缓，时间自有答案

别再内耗自己了，慢下来，时间自会告诉你答案。

古韵安义

初夏在南昌的一次文化之旅，徜徉在安义古村那片历史群落的几个小时，我触摸到的是安义的别样风景。

当旅游巴士抵达安义古村，一座气势非凡的青砖牌坊抓住了大家的眼球，牌坊上方是沈鹏先生题写的“安义千年古村群”七个醒目的大字，苍劲有力。穿过牌坊，一条村道从脚下向着古村落延伸。

踏上古街，古风迎面扑来，时光就像停止了一样，周围都是那么静。村内街巷纵横，我们仄起脚跟儿，走在布满独轮车印痕的青石板上，看到的，是沿街巷两旁而建的一幢接一幢的老房子、老商铺。这里古老的房子告诉我，唐末黄克昌为躲避战乱，从湖北蕲州罗田县迁居到了这里，因怀念家乡，故将这默默无闻的村庄命名为罗田。

沿着再现昔日罗田繁华商贸景象的四百余米长的古街道，透过细雨打湿的古石板路上的凹痕，我仿佛看见一位身穿道袍、头戴别致斗笠、神情忧郁、容貌清癯的中年人。此人不是别人，正是八大山人朱耷。无论是从奉新往返洪都，还是从青云谱往返奉新，这条古石板路都是他的必经之路。同时，这也是当年香客赴西山万寿宫朝拜许真君的必经之地，也是通往南昌的古商路。久之，村庄便繁华了起来。行走其中，当年兜售的吆喝声仿佛依然在耳旁回响。

从导游那儿我学到了一首歌谣：前街绸缎布匹，后街仓库栈房，上街头油盐百货，下街头烟酒磨坊，横街茶馆饭庄，街上粮油猪行。东当铺西当铺，东西当铺当东西。歌谣所指的就是罗田。

而让许多人不顾疲劳，一路奔波的景点一定是世大夫第和唐代黄樟。

世大夫第是古村群落有代表性的赣派风格的明清建筑，它位于横街和后街交汇处，是古村规模最大的建筑物。据说，原屋主是黄克昌的第二十七世孙黄秀文。他是清朝乾隆年间人，七岁丧父，与母亲砍柴为生，十三岁做学徒，后来经商致富，此处建筑经过父子两代人三十八年的努力才得以建成。

世大夫第庞大的建筑群中，值得一提的是它细致繁缛的雕刻，主要采用镂空雕和浮雕。平常在古屋的窗户上见到的雕刻，如“葫芦”（福禄）、“蝙蝠”（幸福）、“铜钱”（财福）、“喜鹊”（欢喜）等，那是司空见惯的寓意。而在世大夫第的门楣浮雕的两侧的墙体中却嵌入几块祭红石，像官帽两侧的帽翅，从整体上看这个门头上的装饰就像是一顶特大的官帽。

从世大夫第退出来，我看到“大门不大，正门不正”，很不理解。导游说，门不大是主人含蓄不张扬；门不正其实是为了辟邪。接着又说：“你看，大门与正门之间还有空巷呢！这是房屋主人为怜惜天下贫寒无居住的流浪人特意设立的，有了这一空巷屋，就可为穷人提供遮风避雨的场所了。”

黄氏祖辈精心修建庄园，恩泽子孙。没想到，他还有一颗悲悯的心，我不由得对屋主黄秀文敬佩起来。

行至黄家千金小姐的住处——闺秀楼，沿着那不足以安放我“马娘娘”式大脚的楼梯，我仿佛感受到了小姐们日常生活的气息——她们或临窗而坐，翘首期盼，想象未来夫婿的模样；或低眉抚琴，宣泄内心的孤独与哀愁；或心如止水地绣花，准备自己的嫁妆，平静地等待未知的命运……

我窃喜生在当下，无裹脚之痛，也无须经受锁在深闺无人识的苦闷。

行走的这条古石板路，有五里多长，越野连村，穿街串巷，曲曲弯弯地牵引我穿梭在古屋之间。这里曾经的辉煌与破落，都随着时光的推移，沉寂在光阴隧道。我忍不住轻抚古屋雕琢精美的门窗，一种触电般的感觉引领我穿越时空——一千多年前，为躲避黄巢起义，富商黄氏从湖北蕲州迁徙到此，在梅岭脚下，垒石为屋，垦荒造田，娶妻生子，建起了村落，繁衍生息。

我想到了村口那棵主干完全空心却依然枝繁叶茂的古樟树；在古井旁洗衣的农妇和围着井台觅食的麻鸭。我窃喜这里区别于其他古镇那样商贩满街，吆喝不断，村口三两位老婆婆脸上写满了朴实与安详，让我对古村又多了一分不同寻常的喜爱。

犹如我在巷道拐弯处遇见的更楼——我真幸运，还能见到古时的更楼。凝视更楼，我想，一声声打更的声音穿过黑夜而来，应该与“蝉噪林逾静，鸟鸣山更幽”的感受是一样的。如今，打更声越行越远，要想再闻到恐怕是一种奢望了。

走出古屋，在村外空旷处见到一棵庞大的古树。远看大树，枝繁叶茂，遮天蔽日，仿佛候迎八方来客，想必这就是南昌市最大最古老的唐代黄樟了，真是“千年古树今犹在，不见当年黄克昌”。

同行中有作家赞叹道：“你随便在古屋的哪个门槛、幽巷、天井一站，便能经历一个世纪的风云，风云中有雷电闪鸣，亦有儿女情长，更有一种人格、精神、境界的昭示。”

远眺古村背后横亘着的巍峨西山，古村村口牌坊上那副对联又在我的脑海浮现：“朝朝代代风风雨雨几多故事传奇散落老街古屋，翠翠红红莺莺燕燕无限生机神韵尽藏绿野青山。”

千百年来，古村曾盛极一时，也曾盛极而衰；曾大声喧哗，也曾寂然无声。不论成败得失，古村奋斗过、搏击过。

它给后人留下了丰厚的历史文化遗产，它为人们研究赣商文化、赣派建筑提供了极有价值的资料。

就这样，一些人、一条老街、一群古屋铸就南昌永不褪色的神韵。

如果万物不多情

夜里九点，我站在广西北海的酒店八楼往窗外看，海天交织成墨色。凌空伸进海上的步道，逶迤向前生出一条光带。我被光吸引，不顾夜色正浓，也不顾初来的疲倦，迎着海风来到海上。

眼下正是北海的好时光。

第二天到了涠洲岛，闻出亲切。是我儿时熟知的家乡泥土的香味吗？

入夜，行走在乡间洒满月光的小道，静谧而清幽的夜色让我恍若回到童年。也就是在这一刻，我寻到了安妥。甚好有了这刻，消除了一些杂念。我一度怀疑此行的目的，甚至生出些失落。可此刻全得到了抚慰。站在深远静谧的夜空下，天上的星星清晰、明亮，我甚至看见了久违的北斗七星。我兴奋极了，像个孩子般发出欢喜的叫声。此刻陪伴在我身旁的是我的朋友。我们往前走时，欢声笑语，无所顾忌，追逐、起跳。这是难得的安静下的欢愉，这是珍贵的无人打扰的惬意与放松。除了两旁的植物与天上的星宿、藏于草地的虫鸟，路上只有我们，整条路完整地属于我们了，这是多大的馈赠。我喜欢这样的安静与所属，不需要更多，只要拥有此刻便足矣。

凌晨四点，我去海边等待日出。离海还有两百多米远时，我听见了海浪的声音，愈近声音愈清晰。我的脚步明显加快了。我以为陪伴我看日出的只有它们。怎么会呢？好些人比我更早就来了，他们站在路边，与我一样在等待日出。不远处有火光，是昨夜有人在海边扎营，燃起篝火时保留的余火。他们是比我们更早在这里守候日出的人。记得米兰·昆德拉有一篇小说，题为《慢》。城市的快节奏让人失去了对生活的感受和体验，而旅行让人有机会慢下来。节奏慢下来，才能让人仔细去听、去品味，才能有诗……

天气的变化没有让我在海边看到日出，正当我失望、欲收回目光之时，忽见茫茫大海之上，海浪并非成一条直线向我涌来，而是像一群舞动的天使手拉手向前，在无限接近我的那一刻撩起裙摆，在天空划出一道道银弧，如同我站在酒店八楼看到的夜空下的虹。我想这就是北海最迷人的地方，它总是让我在光的变化与堆积中辨识出它的魅力、它的诗性。

沿着海边慢慢行走，听海浪连续拍打，看海面铺卷成墨色的绸布，风吹皱它，堆积出时间的纹理。思考也因此生成。我一直以为，北海只是一座新兴的城市，发展只能依靠滨海旅游。可这里是古代海上丝绸之路始发港，这里有南珠文化、汉代文化、海洋文化、侨文化……古代的中国人追逐着盐在大地上迁徙，创造了一个又一个文明。文明总是嗅着味道前行。北海的历史文化离不开海，更离不开海的味道。

早饭后，我又来到海边，沙纹像梳理过的起伏的大波长发。被海水夯实的细沙，看上去细腻如黄泥，踩上去，有它独特的筋道。我想到北方的馒头，细嚼时的感觉如同此刻的脚底。我赤着脚，有螺硌脚。下午我将离开这里，这是海送给我的礼物吗？我弯腰拾起它，握在手心，成为爱的形状。

朋友在海边拴吊床，吊床是江大叔编织的。江大叔是岛上的居民，我们昨天从他家门前经过时，听到他家男孩在门口叫卖，阳桃两元一个，番石榴一元一个。我迎着声音走到他身旁。男孩说，水果是刚从树上摘下来的。我将目光越过男孩，只见小院里果树葱绿，果实挂枝。围着果树拴着与天空一样颜色的吊床。原来菠罗蜜是从树干上的疙瘩里钻出来的，并非如我熟悉的苹果、梨、柚子那样挂在枝上。眼前的菠罗蜜树干缠满疙瘩，有些已经爆出嫩芽，有些已经长出巴掌大的果子。江大叔告诉我，疙瘩里爆出的芽长成菠罗蜜后，若是品相不好，芽眼又会爆出更好的芽，直到长出最好的菠罗蜜。这种优胜劣汰的行为会持续到来年三月，那时挂在树上的果实就成了定数。

我在心里惊叹，还有比这更努力的树吗？还有比这更追求完美的品性吗？

菠罗蜜与其他树一样生长在这片土地，并没有要求更多，它的鞭子只落在自己的躯干上。原来，追求完美是一种内在的爆发。不断地积蓄能量，不断地否定自己，方可达到属于自己的最美的景致。我望着它，轻抚那一个个还来不及爆出嫩芽的疙瘩。它静静地立在那，不争不吵，只是把自己最美好的东西呈现出来。想到吴哥文明中“高棉的微笑”，正是这种宁静的、静穆的姿态，才给人永恒的希望。我仿佛一个顿悟的孤独的行者，哪怕有一些或虚或实的困扰，在这一刻也得到了救赎。

来到北海，我和万物有心灵的交流，有深情的对视，万物似乎也因此变得多情起来。

是啊。如果万物不多情，就是没有“生命感”的世界。春夏秋冬是神的风情，是天地的一次完整的呼吸，是生命的气象和精神。万物在这一呼一吸之间，由苏醒、生发、收获、枯亡形成生命的律动，宇宙在变化中完成一次次轮回。就像我站在涠洲岛等待日出之时，从那无数轮回的缝隙中感受一次光影的变化。又比如我在火山口看见的火山熔岩、在五彩滩触及的海蚀崖壁。朋友说，所见这些都是时间的褶皱。这正是人间难得，亦是生命万物中一双观天地冷暖、四季轮回的眼睛。

闯入者

此程，我先去嘉峪关，是嘉峪关的风和云把我唤去的。坐飞机从长沙到嘉峪关，经停西安一小时，全程四小时。很幸运，我刚好坐在靠窗的位置，从西安飞往嘉峪关时，我开始看空中的云，目不转睛，看云转瞬即逝的变化，看云的纯净与虚幻，看云和蓝天的交融，看云映衬下的土地与戈壁滩。云像个调皮的孩子，蹦蹦跳跳地在空中踩出许多音符，这里一小片，那里积一堆，让我的心跟随变化成为稚童。而云有些时候，又变成了气势磅礴的海，那深邃，那辽阔，就是我见过的海。有了蓝天做衬，云再卖力卷出千层万层的浪，也是到不了边的，因为天有海不及的辽阔。在这里，和云的对话，必然和光相关。光掌控一切，让云彩呈现出万千姿态。离太阳近的云，晶莹剔透，仿佛已经被光融化。云起伏、连绵成山脉，光穿梭于其间，山被照亮、点燃……那时我就想，能在天空中看云，与云如此近距离地对话，应该是此行收获的第一份喜悦。

对云的思考是站在嘉峪关英雄广场前生成的，那时是黄昏。说是黄昏，其实已经过了夜里九点，可在这里你觉得此刻才是黄昏。强光已经退去，乘着祁连雪山飘来的风，我沿着街道往前走，头发扬起时，我的裙裾也在飘扬，我变成了云，一朵飘扬在嘉峪关风中的云。广场上有音乐有舞蹈，吸引我停驻不前的是一位跳新疆舞的男士，他如同一个韵律的掌控大师，身体尽情起伏、变化，传递出的生命之美具有极为强烈的感召力。我站在那里看了许久，突然意识到我正要赴一场晚宴，才不舍匆匆离去。嘉峪关是一座多民族文化交融的城市，文化的差异让这座城市变幻出多姿与神奇的色彩，以及包容的姿态，如同我在空中看到的云。

说到包容，我不得不提及一位的士大哥。我要去距离市区二十公里远的讨赖河大峡谷，的士是在路边临时拦下的，司机是位年近六旬的大哥。他问我从哪里来，今天准备去哪里玩。我在心里拒绝回答一个陌生人的提问，信任他的那刻与“父亲”这个词有关。我听说他再过两年就六十了，考虑到小儿子还没有买房子，再坚持开两年的士，然后就回乡下种地去了。车行驶在去讨赖河的路上，窗外能看见一眼望不到边的戈壁滩，这份辽阔给了我这个来自楚地的女子勇气。我告诉他今天的行程，话音还没有落地，他立马哈哈大笑，说我的行程路线没有设计好，走了弯路。多么质朴的提醒，我看着他，如同看着这里的土地、山脉，他们呈现出同样的赤诚。

讨赖河大峡谷距离天下第一墩只有几百米。悬崖峭壁、几十米深的沟壑，一道天蓝色的河水，弯弯曲曲，通向天际。站在这里，一种难得的抚慰从胸口潜入心灵深处。那些积攒在灵魂里的喧嚣、丑陋、伤痛在这里洗涤般放空。多么真实又虚幻的体验。无法想象我正站在这里，眼前是广袤无垠的戈壁滩，那道神奇的大裂缝是天空和地面的呼吸通道，河流变成血脉，而远处雪山与天空相接成为河流的来处与归途。不是吗？远远看去，河流从雪山上来，逶迤向前，一直流到天际。

我背着包，一个人独自行走在这辽阔的戈壁滩上，感觉自己变成一粒沙尘，安静、卑微，如同一个闯入者。我放轻步伐，几乎不开口说话，仿佛开口也是一种打破。我看向这里的一切，包括天空、雪山、戈壁、峡谷、河流、黑鹰，以及那些鲜活的荆棘，它们同样也看向我，我们之间的对话正在进行，我的倾吐和它们的倾听都保持一种虔诚。原来对话可以这样安静、无声。在我没有来过戈壁滩之前，这是我生活的城市无法给予我的力量。我像一个突然开悟的孩子，身子变得轻盈，似乎风在吹着我向前，我感觉我就要被风吹到天空和云相接了。云在这里，变得多情与富有，它们变幻出各种形状装饰这里，而这里的一切都属于云，它们的流动与堆积，都只为呈现这辽阔的戈壁滩，而这辽阔的一切都是云的舞台。

嘉峪关市西面十公里处，有一个湖，名叫黑山湖。如果在夜里，你一定会产生在火星上发现湖泊的幻觉。而我更愿意把它当成一个脚印，我猜想，一定是贪恋这美景的仙子下凡来，湖水是她告别时流下的泪水。

有时黑鹰掠过，那叫声像是在呼唤谁。

车缓慢前行

从嘉峪关乘坐 7535 次列车去敦煌，要花费六小时。

车缓慢前行。幸运的是我坐在靠窗的位置。窗外是辽阔的土地，戈壁滩连绵起伏成为屋脊。灰色是这里的主色调，因此辽阔变得神秘。近处是灰色稀疏的植被，红色白色的土地，远望是褶皱堆积的戈壁，再过去是祁连雪山。白云浮在山顶和蓝天相接。有人说灰色调的情感一定表达某种哀伤凄冷的情绪。是偏见。在这里，我分明从灰色中看到了自由和活力。不能不说到光，仰仗光的映衬，土地、山脉、云层、天空都变得通透、豁达。而光穿梭其中，理所当然赋予所有一切力量。这是魅力，它不同于一个站在舞台中央的人，这不是瞬间的吸引与好奇，它钻进心里，总想往更深处钻，依附灵魂，从此不轻易露脸。可在某些特别的时刻，它总会找到通道，总会在不经意中跳出来，有时冷峻，有时热烈，有时严苛，有时温暖……

昨日看讨赖河大峡谷时，站在悬崖挑出的玻璃观景台上，看深渊下讨赖河水缓慢前行。临时找到的士司机王师傅负责将我送到我想要抵达的景区。途中他告诉我，夏天气温高时，雪水融化流入讨赖河，河水因此涨满，直接流到他的家乡。他在家乡种植了三十五亩地的小麦、玉米，灌溉用的水从雪山而来。多么骄傲，看到王师傅说出这句话的神态时，我认定这骄傲和美食有关。笃定早在品尝这里各种美味可口的面食时生成。不管你从南方来还是从北方来，你都不会质疑。

吃中饭的时候，王师傅告诉我，他有两个职业身份，一个是种地的农民，另一个是嘉峪关市的士司机。农忙季节他就回到乡下去种田，其他时间他就待在城里开的士。两者不耽误。种地和开的士，都需要耐心等待，要紧时又都需要抢赶时间。王师傅说出这句话时，如同一个哲人。可他很快又告诉我，他大字不识一箩筐，却把两个儿子培养成了重点大学的学生。这也是骄傲。这骄傲里有着只可意会不可言传的意味，如同昨天我在黑山湖听到的那声鹰叫，又像这里火星般的地貌。

不经意间，我悄悄打量他，在心里品定，王师傅的时光，无论等待与奔赴都是光阴与大地与生灵的交织，他用乐观与坚定谱写出一首富有轻重缓急变化的重奏曲。时光交替出他生命中的新旧，也交替出意味与希望。

车缓慢前行。见到水了。水在这里成为一种难得。眼前流淌的是昌马河，它是疏勒河的重要支流。在中国的版图上，几乎所有的大江大河都是自西向东，奔向大海；而在中国西部的敦煌，有一条大河却反其道而行之：自东向西，流入沙漠。它就是催生了丝绸之路的河——第一大内陆河——疏勒河。《好汉歌》用熟悉的乐曲，大气磅礴的歌词，把人拉回北宋末年的水泊梁山。鲁智深、李逵、武松、林冲他们放脚江湖的英姿就在眼前，栩栩如生。

自然想到讨赖河墩——《水浒传》的影视拍摄基地。孙二娘在风沙中驰骋的形象也自然唤出。荒芜的大漠传递出苍凉、原始、空寂，孙二娘以她敢爱敢恨的性格击破大漠的沉寂，就如同从沙漠里突兀生出的玫瑰，人们记住她的同时自是无法忘记大漠，甚至觉得唯有这般辽阔的大漠才配得上孙二娘的英姿。

停留嘉峪关的头夜，有大学同学从我的微信朋友圈得知我旅行至嘉峪关，恰巧他出差此地，惊喜之余约我一聚，我和文友许实已经相约，于是大家相聚一起，喝酒吃肉。须尽欢时就尽欢，人生惬意如此罢了，这是嘉峪关赋予我们的通透与豁达。

不知何时起，时光逐渐削减了我对世俗欢愉的热情，也开始计较时间的付出。这是人到中年的倦怠，还是清醒？没有人给你标准答案。而我自然知道自己的答案：陪伴就是最好的情分。

车缓慢前行，有了雪山的肃穆，河流的从容，大漠的空旷，时间在这里变得很缓慢。

可有了风云的缠绕、生命的声息、人群的往来，时间在这里流转得很热闹。犹如眼前的火车，有时缓慢前行，有时一瞬而过。

底 色

鸣沙山位于敦煌城南约五公里处，东起莫高窟崖顶，西接党河水库，整个山体由细粒状黄沙积聚而成。据闻，在鸣沙山上，人乘沙流，有鼓角之声，轻若丝竹，重若雷鸣，此即“沙岭晴鸣”。

眼下是七月，光影与沙山交融时，我总会露出意味深长的笑。这笑，是一个高明的化妆师打量美人时无法掩饰的喜悦。没错，光影在鸣沙山上变幻出令人着迷的色泽。

行走于此，我并没有听到沙鸣的声音。面对山的沉默，我突然讨厌喧哗。像是要照顾我的独自前来，它默许我不必说话，和它，只需眼神交流。我怀揣的那颗心，却是心甘情愿交出来的。

不用打量，在这里，你轻易就能看出，风捕捉一切，不放过任何细微的角落。自然，风知道这座鸣沙山的魅力。山隐藏在此，蜿蜒向西，伸进辽阔而深邃的荒漠，弥散出神秘的气氛。而月牙泉像是天空掉下的一滴泪珠，卧于山底，停泊在淡黄色的沙漠中。又似看淡世俗却又心怀执念的行者。不觉想到八大山人，想他隐姓埋名遁迹空门，潜居山野时的超脱；想他觅得一个自在场地时的畅意。

我一直以为，只有在那些时候：在风咆哮着穿过山谷，狂暴地在辽阔的原野上撕裂出峡谷，催命般摇晃那些胡杨时，我才会感觉到我是真的来过这鸣沙山，才会有力量撞击躯体触及灵魂。

可这次不同，是底色让我心动。这一尘不染的纯净俘获我心。我看出来了，所有人，所有其他的一切，包括天空、云彩，都成为这底色上的装饰。装饰是动态的，是流动的，是喜悦的，有打破的突兀，却也是自然成景成画。

褪除这装饰，起伏的山脉勾勒出纯净、天然、安宁、超脱，它的包容也就此呈现。那蜿蜒前行在山脊上的驼队，那些徒步攀爬山顶的旅者，都受到它的欢迎。而那些从山坡上奔跑下来的人呢？他们喊出来的声音里，透出喜悦与欢愉，自然也成为山的节奏与呼吸。

我是突然来的，没有做好打量它的准备。我小心地脱下鞋袜，赤脚是我表达的真诚。接触它，近点，再近点，我在心里喊出这声音时，感觉到难得的激动与慌乱。

在山上行走时，我只顾往前，闭着眼，什么也不看，什么也不用担心。我的裙摆被撩起时，我感觉到风来了。我继续朝前走着，走着，仿佛前面正站着我的爱人，他正在召唤我，我们正准备一起爬上这山，去守候今天的日落，看那时的光影交辉出来的人间奇迹与心灵抚慰。

有人说，文学是人生的一种底色。从《诗经》到《楚辞》，从唐诗宋词元曲到明清小说，再到当下各种文学体裁的百花齐放，文学犹如一条生生不息的长河，从远古流淌到今天。底色，它只是个体最本质的天资，却也是最强大的基因呈现。我想，在鸣沙山我感觉出底色的纯净与博大，这是我喜欢它的唯一理由。

余晖下的鸣沙山，如同莫奈笔下的画作，同样是倾尽全力想捕捉出光影闪动之美。走近或远离山体，你捕获到的光影千差万别，却同样诠释出一个真谛：在光影变幻中寻找刹那间的永恒。

太阳西沉时，听到旁边有人感叹时光短暂，生出留不住抓不着的叹息之心。是啊，只是一眼的光影，瞬息变化。这番见证，它自此成为你心底恒定的美好与守护，成为你气质的底色。

这种体验，不只是一瞬间，应是永恒；不只是个人感受，更是万人共鸣。这正是“于无声处听惊雷”的力量所在，如同人们很容易被一部小说、一篇散文、一首诗歌抑或一出戏剧抚慰心灵。

独立、挺拔的土堆

如果你问我，什么是雅丹，我宁愿保持沉默。但如果我不得不回答，我也只会用质朴、直白的语言这样描绘：独立、挺拔的土堆。“雅丹”在维吾尔语中的意思是“具有陡壁的小丘”。而维吾尔族人更喜欢随口称它们为“土包子”。这个土味很浓的称呼听上去更自然，带一些独特的情分，一喊出口就显得亲密。这是往来的游客无法体味到的心思，即便你鹦鹉学舌般这样称谓它们，也只是一堆没有温度的字词的组合。这温度是一点点堆积出来，又一点点生长，即便光影变幻，有了长年累月的对视与守护做底，也就留得住了。像你我这般一阵风似的往来者，是生不出、留不住这温度的。

那又是谁赋予这土丘雅丹之名？1903 年，瑞典探险家斯文·赫定在中国新疆罗布泊考察时，把这些土丘称为“Yardang”。后来这词便正式被科学领域接受了。

说到独立，人们很难不去思考一些词，比如“控制”，又比如“自主的存在”。雅丹受谁的控制呢？是风？流水？

它又凭什么可以这样自主地存在呢?

查资料得知，如果一片湿润多湖的地区因环境变迁而变得极其干旱，那么湖底往往会裂开，风沿着这些裂隙没完没了地吹，导致裂隙变大，发育成沟槽。风继续没完没了地吹，沟槽越来越大，最后就被吹成了一个个彼此遥望的孤独土包。如此说来，嘉峪关的讨赖河大峡谷注定是要消失的，它的未来会被风吹成一排彼此相望的土堆。那得是多少年以后的事了？想来亿万年以前雅丹也是草木繁盛、鸟飞鱼跃之处。人类已经在火星上探索出那里雅丹地貌类型丰富，这样也就给了无法探索火星的人一些对比与想象的空间。

“挺拔”，我们习惯于用这个词去描绘一座大山或一个人的姿态。这是一种让人感觉出力量的打量。这力量，在雅丹，你轻易就能看出。有时是喜悦的力量，有时是恐惧的力量，有时却是期盼的力量。

我自小生活在湘中丘陵地带，对土丘自幼熟悉。面对这一座座挺拔于荒漠中的寸草不生的土堆，我内心竟然涌出一股无以言说的喜悦，这喜悦与感动相关，似乎还连带着爱情的坚贞。多少年的洗礼与冲刷，它的筋骨经受住了。而我看向它们时，如同看着一位哲人，看他用最深刻的理论向世人揭示一个真理：到底什么是不能承受的生命之轻。

而恐惧来自黑夜，来自笼罩在这群“雅丹人”身上的魔幻气质，如果你在这里遇到了伏地魔，或许不是一件稀奇事。我甚至觉得《哈利 · 波特》应该在这里取景拍摄。自然，这是雅丹气质——只有你去了那里，站在它面前，看着夕阳，将橙色的光涂在它身上染成咖色，而背离光的部分沉浸于夜幕变成黑色。这一切是夜色与即将告别的夕阳赠予你的一幕光影大剧，你慢慢看光从这里消失，看所有一切沉浸在只有黑色的天地之间，才会从中深刻领会黑夜吞噬一切的力量。对自然的敬畏也自此更为浓烈。

为什么会期待？坐在雅丹群里看日落，眼看光影从有到无，突然有人唱歌，如同残存世界里的牧歌，美就此产生。也因此对美有了新的理解与期待。一个人无论在何时做出某种选择，都有其无法重复的意义，这是令人期待的一种选择。就像在去敦煌之前，我犹豫、彷徨，觉得这是一个复杂又沉重的选择。可到底哪一种选择是对的？如果你认定你的选择是对的，那么，认定也就成全你感觉出美。

独立、挺拔的土堆。这是我眼中的雅丹，亦是我心中对美的又一次认定。我们时常赞叹大自然鬼斧神工，也深信世界上所有最美的作品都出自它之手。我深信这是大自然对敦煌这片土地做出的最好的选择与认定，这是一种天然的认定，更是雅丹之美的来处。

此刻，我才感悟到，在这个奇妙而荒凉的世界里，我无意中遇到的，不是某种旨意，而是美。与此同时，我很清楚，土堆本身并不美，而是与我所忍受的终日喧嚣的城市生活一比，就呈现出美来。这群广袤的土堆如此突兀又隐秘地出现在我的眼前，美得如同一个被人遗忘的世界。

银河之下

对于星空的记忆，要追溯到童年，那时的乡村，夜很黑、很静。黑夜与天边相接，仿佛手可摘星，可我们时常忘记星空，觉得它与生俱来天然存在。对于星空的熟视无睹，与看见一树橘子压倒枝蔓一样平常，如同大地上必然生长青草，河水必然清澈一样。

走进城市，看那灯火点燃夜空，我惊喜星空来到人间，每天被它迷惑，也被它蛊惑。行色匆匆中，人们只顾往前，我也是。四处灯火璀璨，以为自己拥有了全新的世界。

新的世界，潮水般淹没过去，也看清所有过去。记忆中的星空重现之时，源于一种声音，它从心底走出来，仿佛有人唤醒了它。那是一个被声色充斥的夜晚，也是一个人在浑浊中突然清醒的一刻——看出自己正站在悬崖之上，下一步正是万丈深渊。光从眼前消失，心里感觉出从来没有过的黑暗。如同一个在沙漠里走了很远的人，我感觉出生命透支后的枯竭，世俗的贪恋羽化般消失。真是让人意外，那一刻，我看到了儿时的星空。

再次重逢这样的时刻，是在从敦煌雅丹返回市区酒店的路上，出租车司机说："古阳关的夜空将会带给你此生的震撼。"我毫不在意，觉得不过是一个夸张的噱头。

到了。已近凌晨，许是累了，我懒懒散散地从车里走出来，有点不情愿，也不带着一丝对出租车司机的信任。只是不经意地抬头，人瞬间凝固般呆立原地。还想保持淡定，我没有发出惊喜的叫声，也没有打开手机拍照，可我感觉出一种从来没有过的窒息。不，这不是真的。除了不相信眼前所见，我还觉得一切都是幻觉。为了证实所见为虚，我使劲擦眼睛，还掐自己的手臂。身边有人在感慨，终于见到了书本上所说的北斗七星。远远不止这些，夜空成为幕布，所有星星钻石般镶嵌着，成为黑夜的眼睛。

我什么也不说，沉默是我表达的真诚。我以为陪伴我看星空的只有出租车司机。怎么会呢？好些人比我更早就来了，他们站在路边，怀有跟我一样的期待。

我大抵是陶醉了，也痴迷于此刻的纯粹。如同一个贪吃的孩子，我看向夜空，久久不愿意离去，甚至想夜宿于此。

眼前那些闪烁的星星，是我此行难得的遇见，它们必将成为心灵的滋养，成为安慰与守护，也必将成为我对美好的所求，对笃定的事物的信任。不管如何，美好总会出现，不是在此时，就是在彼时。如今，城市的夜空，已经看不到这般星空了，可我心里有了，在意了，星空再也不会消失了。

简 媛 · 师家沟

《人生缓缓》

节奏慢下来，

才能让人仔细去听、去品味，才能有诗……

想到儿时的星空，我看向天空的目光如同久别的老友——亲切、深情，却又充满期待。

要告别了，银河之下，站在阳关路口，看向穹顶，以为自己在梦里。织女和牛郎站在银河的两侧，大概是太想见到对方了，他们在群星中发出最亮的光。而我，从千里之外，来到这里，与这一切相会，正是把自己置身于银河的彼岸，而我心中的你，一定正站在银河的对岸。这就是心中的笃定，这笃定是最深的呼唤与等待。有时是等待一个人，有时是等待一次日落。又或是等待遇见另一个自己。

出行意味着一场赴会，这大抵是旅行的意义吧。而今天，我赴会星空。

站在莫高窟 16 号洞里流泪

六月末，一个周六的清晨，醒来，想去莫高窟。念头来得突然，却很执着，力量还大。好像早进驻心里，生了根，一天一天地成长，如今已是参天大树。

我无法去追究这力量的来处。记得四年前有朋友介绍我看日本作家井上靖写的《敦煌》，想必那时，去敦煌的种子就在心里种下了。

星期一的上午九点，我乘上飞往西安的飞机，坐在靠窗的位置上读日本作家井上靖写的小说《敦煌》。我计划好先去嘉峪关，再从那里坐绿皮火车去敦煌。离嘉峪关越来越近了，我合上书本。我知道登机的准确时间，可出发时，我差点儿错过了这趟飞机。像条慌乱想挣脱某种桎梏的鱼，赶到入口，验身份证，过安检。身旁的人都看出了我的慌乱。我害怕错过这趟飞机，仿佛错过的不只是一趟旅行。

去敦煌，明明是我此行的唯一目的。可我有意让抵达的时间变得缓慢，我先去了嘉峪关，然后又有意选择坐六个小时的绿皮火车。慢些，再慢些。我什么也没有说，可心里总有声音在提醒。俨然一场期盼已久，却因害怕抵达而拖延着的约会。

我对壁画并没有研究，单纯审美，也只属于粗浅的水平。或许正是因为对藏在这里的无数未知的期待，才使我的出行变得有趣、寻访显得神秘。如果所有一切都成为已知，或许也就失去了奔赴的热情。

现在想来，去敦煌的心情，与那年去法国的巴黎圣母院相似又不同。相同的是，那次我不远万里带了小说《巴黎圣母院》，这次出行我带了《敦煌》。并非叶公好龙，只是觉得这样就妥帖，或者说寻求一种心理上的陪伴。不同的是，期待与怀揣的心情是完全不同的。这大抵是不同文化的影响。

2018 年我去了法国的卢浮宫，见到了世人口中传颂的名画真迹，自然是顶礼膜拜。可此刻，站在莫高窟 16 号洞里，我突然泪流满面，这是从来没有过的力量与震撼。我第一次找到了这样的感觉，它不同于从前的任何一种感觉。想来也是内心深处原本对艺术的追求，让我感觉出美的真实与伟大，这是一种最深的理解与最高的赞叹。

总是好奇，小说《敦煌》中的赵行德，从乡下老家到京城开封赶考，正是仁宗皇帝天圣四年（公元 1026 年）春月，一心求功名的他，为何就那样放弃了世俗的追求，一路向西，最后走进了沙漠，见了千佛洞，也就是莫高窟？从他在集市救下那个西夏女人开始，从她把写有自己名字和出生地的一小片碎片送给他当护身符的那天起，他就感觉出自己和以前有所不同了，却弄不清楚究竟有了什么不同，只觉得内心里顶顶重要的东西已完全被某种别的东西所取代。刚才还为错失殿试耿耿于怀的自己很是不值，还因此陷入绝望，更是滑稽可笑。眼下目睹的事和书本里的学问可以说是全然不同的，起码以他所具备的知识无法理解，却有着强大的震撼力，足以从根底上动摇他以往的想法和人生观。

我自然理解不了改变赵行德心志的力量之大，但见到莫高窟的我，为何流泪？这定然是我感受到了别处无法给予我的力量。

能走进去的莫高窟是非常有限的，告别时，意犹未尽。先前来过这里的朋友建议我去莫高窟纪念馆看看。这是个不错的建议，在这里，我可以有更充裕的时间，按自己的节奏来观看每一幅壁画，我甚至可以只伫立于一幅画前，没有人催促我离去。

天色近暮，不得不走了，脑海里突然跃出睡佛微笑的样子，像一道光驱散了我对这喧嚣的尘世一切的焦虑与迷茫。告别了莫高窟，我找到一种属于自己的表达方式。

美是有厚度的

对于我来说，陪女儿出去写生，算是深度旅游吧。有时候，在一个老院子里就能宅一个下午，一条古巷兴许就会待上一整天。可我喜欢这样细细地慢慢地行走，因为只有这样，我才能发现那只停留在老宅屋檐下的蝙蝠、那些挺拔在古镇槐树身上深凹的木纹，和那只睁大眼睛安静待在海棠树上的白猫……

砥泊城

从郑州前往阳城，沿途连绵起伏的石山上，稀疏的灌木像一件镂空的外褂，不足以裹住它们裸露的皮肤。告别河南驶入山西，首先迎接我们的是韩家寨隧道。平顶山、周口、蟒河、关公故城……当这些字眼从广告牌或指示牌上呈现出来时，我发现我离最早的中国越来越近了。

抵达砥泊城，眼前高达几十米的城墙并没有激起我多大兴致，直到沿着古城内麻石铺就的小巷，拐过一个又一个的路口，途经南轩、王崇明书屋、简静居、关帝庙、文昌阁……幽深清静的巷子深处，那被岁月浸蚀、颜色深浅不一的古城墙，以及攀爬在墙身的青苔，在不经意中勾出我的欢喜。

站在城墙上，前面的沁河是安静的，城墙边那段残垣断壁也很安静。而我，行走于古城，分明听到了许多声音。

那个杨姓的古城主人去哪了；缘何古城姓张了；沁河为何如此安静；城里少有青年，垂暮的老人和小孩成了这里为数不多的主人，失去了土地的他们赖何生存；那棵安静立于庭院的丁香树，它有怎样的故事……

皇城相府

进入皇城相府，首先映入眼帘的是牌坊。碑上正中央书写着“冢宰总宪”，左边是“五世承恩”，右边是“一门衍泽”。牌坊的左边靠近城墙的是相府总管的住房，再往深里走就是相府千金小姐的闺房。虽说是千金，因为只是女儿，那形如卷帘状的屋顶代表了她的地位，就连管家的屋顶都是有棱有角的。迈过牌坊，左边是学士府；右边，翠绿的爬山虎漫布城墙，成了倒挂的绿帘，一眼望不到边的感觉。在这里，圣旨立成牌坊成了一道风景，包括皇城相府城墙前大坪里的实景演出，也是以“康熙南巡、来访、赐陈廷敬府宅‘午亭山村’”作为题材。

如果说南书院里小桥流水，清泉成瀑，柳树垂蔓，青藤筑阴，而“斗筑可居”呈现的是陈家的起居。连绵起伏的外城墙将刚才所经之处裹在里面，任凭枝过城墙的丁香将它的芳香弥漫在城墙内外。而恰巧的风，扬起槐树，槐花一地，槐香满城。

槐树、丁香为何长在太行山下？是喜欢它的干爽，还是喜欢它的清幽，甚至是喜欢这里深厚的文化底蕴和人文积淀？

今天全天安排在皇城相府写生，雨与阳光总是交替着轮班，于写生虽有些干扰，倒也能调节一天的凉爽。纷繁走过的游客伴随着导游的“小蜜蜂”与皇城相府表演的锣鼓声，热热闹闹地上演着一天的精彩。

时光是精彩的，孩子们更精彩！

此刻，他们像一群散在人间的精灵，在皇城相府里采集属于他们的芬芳。而在我眼中，他们就像鱼儿，正游向属于他们的深海。

上庄古村

舜帝庙门口，槐花树下，剧团退休的老人，在他的指挥下，孩子们有的拉小提琴，有的拉二胡，还有的吹唢呐。身后庙堂里钟声远扬。挨近我身体的是龙爪槐，我生活的城市也常见，但这里的龙爪槐会开出指甲样的小花瓣，一片紧挨另一片，就这样串成链。

据当地人说，孩子们脚下行走的街道，过去是小河。两旁的石墙、台阶高达三四米，即便这样，河水涨潮时，依然会迈过石墙、石阶，顺着墙角往上爬。这时，有些胆大的人家会在自家门口支些网笼，运气好的时候，可以网到上十斤大鱼小虾。

吸引大家的不是过去的潮水和那些能改善伙食的大鱼小虾，而是眼前的鲜活——街两旁林立的青砖小院，干净整洁，顺着墙坡倒挂的西红柿像是被一旁的葡萄藤感染了，它累累的果实，青色红色，透过枝叶泛出诱人的光泽。而南瓜藤和它金黄中夹着青筋的喇叭花，以及在晨阳下泛出光泽的小南瓜垂在院墙上。风一过，槐花飘，瓜果香。裹在青皮里的核桃，它们挂在枝头，那般鲜绿，似少年的脸，完全不是人们熟识的被岁月堆积成满脸皱纹的样子。

或许是因为《白鹿原》在这里拍摄过的原因，没有卸却的布景，填补了几分历史的陈旧，仿佛把往来者拉回了民国时期。

许家村

许家村保存最好的应是朱家大院。朱家大院建于清末，距今二百多年，院子的主人叫朱连科，当时他在河南河北开了多家当铺。十二年前，这院子已申为省级文物。

进入村口，我们大小一行，浩浩荡荡，引来了村民的围观。有些人开始抵触，尤其是朱家院子的男主人已经在呵斥了，可一听说孩子们是学美术的，来写生宣传他们的古宅，他脸上的表情瞬间柔软了下来。

待孩子们落座写生了，我才开始打量这座朱元璋族人的宅第。站在庭院深处的我，看着这座经过洗劫的皇亲宅第，已经只可在头脑中意会当年盛极一时的面貌了。

已经十二点四十了，郭老师怕大家肚子饿，问黄老师："可以去吃午饭了吗？"黄老师用不容置疑的语气说："还要坚持二十分钟。"郭老师担心此刻的拖延会影响到下午写生的时间。黄老师告诉她下午画一张画的时间是没问题的。

"可下午四点得往回赶，路上车程有两小时。"

郭老师像妈妈，担心孩子们饿了累了。黄老师像爸爸，他在六个小组间来回示范、纠正、引导。汗水浸湿了他的T恤，可他依然乐此不疲，尤其看到好的写生作品时，他毫不吝啬他的赞美，如同他批评孩子们松散时一样慷慨。

师家沟古建筑群

村里很安静，之前的繁荣已经淹没在一百多年前的光阴里。而那些几乎消失在修复的院落后的残垣断壁，已然杂草丛生。秋去春来，唯有挺拔在院落间的槐树，见证了这里的繁华与荒凉、喧嚣与沉寂。

师家曾在湖南为官，师鸣凤与曾国藩兄弟情同手足。眼前，槐花飘落，铺就一地，花香浸入泥土，可故魂已经远去。

除了这些，黄老师似乎还想探寻些别的。他独自朝着有人烟的地方走去，烟雾飘摇在上空，若近若远。我走了很远才看到不是古村的村落。这时再回头，发现师家大院掩藏在几堵高墙后，给人孤寂荒凉的感觉。

村里除了土墙土房就是石墙石路。石墙是块石垒就，路是麻石铺就。这里的西红柿树有近两米高甚至更高，顺藤挂满了青红两色果实。我往村子后山攀爬时，遇见一个五岁左右的女孩，我对她打了声招呼，“hello”，没想到她竟然大大方方地向我回了声“hello”。虽然声音细弱，但纯澈可爱，不似城里孩子那般眼含揣度人的躲闪，或“你是谁，我为什么要理你”之类的漠然。

令人忧虑的是，这里的农村和我的老家一样，只见老人和年幼的孩子，年轻人都上外地打工去了。方圆百亩的村落因为我们的到来而显出些许生机。一个路边锄草的大爷对我说：“过两年就好了，现在村里在修复。”我安慰他说，以后儿子就不用去外地打工了。老人有些落寞，说估计这儿孙膝下承欢的福他是享受不到了。空巢，已是一个严重的社会问题，但随着越来越多的人对这种社会问题的深刻认识和对个人幸福的追求，我深信，一切都会好起来的。

看着满山满树的槐花，我有了对槐花饼的倾慕。山上的老人告诉我，只有春天的槐花才能用来烙饼。

回程时，我留意到，村庄小道、城市街道，都种上了槐树。如同我熟悉的城市——樟香遍地。

介休

想必大家一定知道清明节。清明节的前一两天是寒食节，而之所以有寒食节，是为了纪念介子推。当年重耳流亡时，介子推割股奉君，以示忠心。

而介子推曾在介休的绵山隐居，最后被烧死于此。

前面大巴扬起的煤尘肆意向我们所坐的巴士扑来，无孔不入，让人感觉口里、耳里、鼻里，甚至更多的地方，都盛满了尘土。

天空被煤尘笼罩着，灰黑一片，幸好有槐花，才让这里多了些区别于别处的灵秀。

可我依然有些慌乱。

就如误闯入高速公路上的小狗，顺着车流，顺着白色的分道线，像涨潮时裹挟其中的沙粒，只能向前，只敢向前。可前方去哪儿？路旁沉默的岩石回答不了，埋头干活的农夫回答不了。太行山脉，经风历雨，舜禹曾在它的脊梁上留下捕猎的足迹。不再清澈充盈的沁河，你是否还记得这里曾经鱼虾成群？

幸好，路旁的垂柳，庭院中的山楂树、核桃树，花香四溢的槐花，让人们忘记了沿途干涸的河床、裸露的黄土，被风扬起的煤尘带来的苍凉。

昨夜一场大雨冲垮了前方的护坡，阻了路，我们只能原路返回高速口转道。

终于到了张壁古堡，这是我们今天的写生点了。上午，这儿天空晴好，中饭后，已是雷雨交加。为了找到最佳的创作点，黄老师带着孩子们穿梭在张壁古堡被雨水覆盖的路面，雨水打湿了他们的头发、衣服。他说，这是个教育的契机，印证着孩子们的成长。

一整天，黄老师领着孩子们挨家挨户去敲门，只是为了走进百姓生活的物件里，感受生活的那份真实与鲜活。

平遥记忆

从介休到平遥城内的客栈时，已经很晚了。一进四合院，所有孩子都兴奋得不能自已。吸引他们的，除了那平时难得一见的大炕、院内错综复杂的格局，我想更多的是对平遥古城的遐想与期待。

次日，行走在平遥，并不光滑的青石板路面上布满足迹、车辙，各色行人用并不匆促的步伐铺展他们的时光。

黄老师带领我们在寻找什么？古韵、晋商、美食……不，我想他在寻找一种精神。它不是最后的坚守，是一代又一代传承下来的寻根文化。山西是中华文明的发源地之一，平遥古城是中国汉民族城市在明清时期的杰出范例。我想到了一首歌：遥远的东方有一条龙，她的名字叫中国……黑头发黑眼睛黄皮肤，永永远远是龙的传人……

踏上平遥古城 2.25 平方公里的土地，我不觉得我是游客。

黄老师说，出来写生不仅要看表面呈现的文化，还要看文化后面沉积的历史。是的，竟如情景剧《又见平遥》那般，它在带我们寻根。太行山下，沁水河畔，有尧舜生活的足迹，而黄帝慧眼识珠，发现了风景独秀的平遥。上古时期，平遥称古陶，有黄帝封鼎于古陶之说。情景剧中是以心经为背景音乐，而我分明听到了另一种声音。我们的祖先不知从何处发出的声音，似远似近，时高时低。

我仿佛又听见剧中不时回响的那些逝去的灵魂的声音："回家了……"

那天下午，平遥古镇的夕阳没有暑热，却余温暖。我们沉浸在涂满槐香的艺术盛宴中。一场为孩子们举办的画展，在青砖垒砌的小院里，在槐花飘香的空气中，将收获的喜悦充盈在一路相陪的爸爸妈妈的脸上。显得异常兴奋的是那个站在队伍最前面，皮肤晒得最黑，头发灰白的男人，他就是我们的黄老师。

"带你们出来行走，不是简单的旅行或是记忆，是希望带给你们一种强壮身体的磨砺，是希望你们看到这些厚重的文化后产生美的享受。"

在某个瞬间，我似乎看到了他眼角含泪，正如此刻我含在眼角的泪。一路走来，一年，十年，几十年的坚守，这是一个真正热爱教育的人的坚守。

平遥城外杨柳依依，青黛色的城墙经风历雨。护城河里，已经干涸，可两岸的白桦林，整齐列队，迎送南来北往的客人。远处，玉米地一望无际。初升的太阳将它的晨光涂抹在平遥古镇的每一片砖瓦上，落进小巷的阳光似欢快的小雀，跳跃在枝头叶缝。

我们要走了，但这座古城已经刻入骨髓，不会再忘记。而所有孩子们用线条记忆的地方，都将成为永恒的获得。

自然之事

村之美，在于自然，这自然是生长的肆意和情感的真实。原本高大挺拔的玉兰，因归于瓦砾屋檐之间，略显局促，却彰显出方寸天地的静谧。这是村庄偏隅，光在屋顶瓦砾上闪烁，玉兰承接光，光穿透枝叶落于地上，呈现出难得的幽微。

又见长在村野池塘高坡上的茶花，有着城里难得一见的身姿。定是主人从不修整或约束它，它亦无须和同伴站列成排，规整一致。任由阳光、雨水催促长成自然的姿态。

儿时，我们在乡野里追逐，光着脚亦能跋山涉水。这样自然会受些皮肉之苦。可我们从不抱怨，觉得那就是生活的自然状态。如此经年，也就历练出我们品性里的坚韧。就像我们经常在黑暗中行走，能自然看清夜路一样。

凌晨四点，窗外有女人在吼叫，听不清其词，却感受出声音里的毁灭与绝望。正是世间万物清静的时候，亦是万物蓄势待醒的时候。她的声音，成为此刻的刻意，让醒着的我感觉出人世的某些悲痛。怎么就在夜里喝茶了呢？我后悔不迭。回忆夜里情景，三两好友，交谈甚欢，就着气氛我端起了茶杯，禁忌被情绪淹没。于是在这个黎明到来之际，我听见了世间的这个声音。自是不美妙，却让我感觉出清醒，在任何时候，违背自己的自然，就会受罚。

想到在峨眉山等待日出的那个清晨，我和家人前一天就住到了山顶。满心欢喜等待日出。谁料次日雾太浓。别说看不见红日，连山也成了囫囵一团。那番沮丧定是要坏了心情的。可先生说，这般所见也是难得。你看，人人都成了腾云驾雾的仙子。

如同喜悦与豁然，流泪亦是自然之物。站在云南元阳梯田前，想到从前在此山坡上开垦万顷梯田时的艰辛。而春耕、秋收时，人们会集于此，又是何等壮观。我一时心潮澎湃，泪水自然从眼里溢出。

三年前的那个夏天的夜晚，我站在阿尔卑斯山的对面，看见山顶上的雪在黑夜里闪烁，银白的亮光与天相接，雪光像是从天空中发出的光亮。“好美！”我喊出了声，如同一个无知的少年朝着受尽磨难的旅者吹出的口哨。这个寂静的小山坡上，一切沐浴在银白的夜色里，坐落在山坡上的木房子，将它们笼罩的光影投在公路上；沿着墙根跃枝伸向天空的三角梅，摆在窗台上的天竺葵和矮脚牵牛，正散发出清香。在这个夜里，似乎有一群精灵在舞动。我开始深深地呼吸，张大嘴尽情吸气，如同清晨沐浴在阳光下的枝蔓。我醉心于这夜色，不远处房子里传出歌声，像是专为我而唱的，我陶醉了，一时竟忘了身处异国他乡。

我也唱了。那些跑来的音符爬上我的嘴唇，虽然声音很低，但我听见它们跳跃在我嘴唇上，像白天在琉森湖边看见的麻雀，整齐地排在湖边的树枝上，等着突然响起的声音而从那里飞落。不知为什么，我突然感到心虚，觉得浑身无力，我只想找个地方坐下，哪怕就坐在这泥地上，待在那里，从眼前呈现的景物中去感受我曾经失去的一切，去感叹此刻我所拥有的美好。又仿佛一些奇妙的声音正从某个我能确定的方向传来，那种感觉就像聆听上帝的声音。

记得曾经看过一本法国作家写的书，书中说，当他身处阿尔卑斯山时，能感受到一种深邃的寂静，就像所有声音都消失了一样，就在那时，他听见了山的声音。

一切都是自然的遇见。回到我这趟乡野之遇，想到一个话题：我们为什么要呵护野性？是否因为太多景区追求的精致设计疲劳了我们的审美，而那些真正让人心动的美是否正存在于某些突然的遇见中？

眼下是四月，万物生长，是自然的姿态。我或喜或悲，或祈祷或诅咒，都改变不了这样的姿态。如此，不如岁月静好，随遇而安！

图书在版编目（CIP）数据

人生缓缓 / 简媛著 . -- 北京 : 北京联合出版公司 , 2024.3（2024.4 重印）

ISBN 978-7-5596-7354-1

Ⅰ . ①人… Ⅱ . ①简… Ⅲ . ①散文集—中国—当代 Ⅳ . ① I267

中国国家版本馆 CIP 数据核字（2024）第 003026 号

人生缓缓

作　　者：简　媛
出 品 人：赵红仕
监　　制：俞根勇
策划编辑：万逸弋
责任编辑：徐　鹏
封面设计：仙　境
版式设计：张　敏
责任编审：赵　娜

北京联合出版公司出版
（北京市西城区德外大街 83 号楼 9 层　100088）
北京华景时代文化传媒有限公司发行
北京中科印刷有限公司印刷　　新华书店经销
字数 167 千字　　880 毫米 ×1230 毫米　　1/32　　8.75 印张
2024 年 3 月第 1 版　　2024 年 4 月第 2 次印刷
ISBN　978-7-5596-7354-1
定价：49.80 元